落第騎士
英雄譚
14
海空陸
RIKU MISORA
繪者 WON
U0028892

間章
涙雨

那是許多年前的梅雨夜晚。

她在等人。

那人一定會經過這條路。

她佇立在傾盆大雨中，卻連傘都不撐。

她終於等到那人。

那人認出她的身影，在同一盞路燈光亮下駐步。

「……寧音。」

瀧澤黑乃微微撐高了傘，呼喚她的名字。

黑乃的語氣不帶詫異，彷彿早已預料她——西京寧音的到來。

寧音答道：

「我從老頭子那裡聽說了。小黑終於要和小琢結婚啦？恭喜妳啊。」

她的目光與口中的道賀相反，滿載熊熊怒火。

「妳的表情……完全不像是來祝賀。」

「我是真心想恭喜妳呢。只是……」

寧音凶狠地瞇起眼，問道：

「我不懂妳為何要退出ＫＯＫ（King Of Knights）．Ａ級聯盟。妳搞什麼東西？」

「……」

「小黑，妳閉著嘴，我哪聽得懂？妳原本下一場比賽就要對上我了。我們沒能在〈七星劍武祭〉上分出輸贏，再過不久就可以彌補遺憾。我一直很期待接下來的比試，結果卻……妳怕了我嗎？覺得我太強了？」

「……是。」

「────！」

此話一出，寧音怒火中燒，一把揪住黑乃的西裝衣領。

「妳說什麼屁話！事到如今妳會怕才有鬼！世界排行第三的〈世界時鐘（World Clock）〉瀧澤黑乃是怕個鳥蛋！回答我！為什麼要退出!!」

寧音使勁將衣領扯向自己，幾乎要拉倒身高較高的黑乃。

黑乃的傘差點脫手，但她沒有抱怨。

她滿懷歉疚地垂下眼，答道：

「……我的確感到畏懼。畏懼〈夜叉姬〉，以及我自己。」

「嗄？妳在胡說什麼？講明白點。」

寧音聽不懂黑乃的意思，焦躁地連同衣領推開了黑乃。

黑乃抬頭挺胸，撫平衣領皺褶，開始解釋：

「妳應該還記得，〈七星劍武祭〉之後，南鄉老師和龍馬先生告訴我們，我們總有一天會超越靈魂的極限。而我確實面臨了那一瞬間。那並不是多麼戲劇性的場面。我為了戰勝尚未決出勝負的宿敵，潛心鍛鍊……那時腦中浮現了那副景象——一扇巨大的石門。」

「…………」

「那扇門大約有我的十倍高。我的手輕輕一碰，門異常輕易地開啟了。一步，只要往前踏上一步，走進門內，我就能跨越自身的命運，前往超越極限的世界。我莫名感到肯定，而且我深知，自己必須踏進那個世界，才有能力與妳一戰。所以我準備向前走，毫不猶豫。」

黑乃口中的景象。

寧音心裡有數。

當然了。因為她為了和黑乃的比試，努力磨練自身的時候，見到完全相同的景象。

寧音開了門，走進門內。

前往命運外側，抵達超脫人類的魔人領域。

然而——

「可是……就在這時，我的身後傳來呼喚。」

「呼喚？」

「是琢海。我最重要的他，一如往常按時帶了午餐來慰問我。我見到他，愛意盈滿內心，眼淚幾乎要奪眶而出。

……完成〈覺醒（Brute Soul）〉，等於必須拋棄身而為人的命運，跨足非人領域。

靈魂一旦變質，原有的肉體與精神不一定能繼續維持人類應有的模樣。

倘若我身而為人的命運引領我與琢海邂逅，我不想棄他而去。我不能捨棄這份命運。

我無法割捨至今為止的一切……以及成為琢海妻子的未來。」

黑乃組織每一字、每一句，輕撫自己的下腹，模樣充滿慈愛。

「我在偏離人道的前一刻，察覺自己最重要的事物……所以我再也無法觸碰那扇門了。」

「小黑……」

「這裡就是我的極限。我無法繼續前進。一個放棄前進的半吊子不可能繼續在打鬥的世界中混水摸魚。所以……我決定從ＫＯＫ引退。我絕不後悔。」

黑乃說著，雙眸仍內疚地低垂。

她與彼此認同的宿敵，未於〈七星劍武祭〉分出的那場勝負。

如今她擅自放棄比試，想必內心充滿罪惡感。

然而，寧音察覺到了。

那濃長睫毛深處蘊藏著無可動搖的鋼鐵意志。

黑乃的確覺得對不起寧音。

但她不後悔。

她心意已決，而且堅定無比。

無論寧音如何唾罵、動粗，現在的黑乃必定會承受她所有的責難，做為賠罪。

而雙眼中的耀眼決心不會有一絲陰影。

寧音深知這一切，但她實在難以接受——

「……妳錯了！小黑，妳大錯特錯啊！」

她明知這麼做無濟於事，仍然顫抖喉頭，吶喊抗議著。

「小黑就這麼想當那混蛋的女人？放狗屁！小黑還記得吧！我們在那個夏天，在〈七星劍武祭決賽〉上彼此廝殺，當下是多麼充實！妳可別鬼扯說妳忘了！妳自己也很開心啊！」

「……是啊，開心極了。只要能贏過眼前這傢伙，拚上這條性命都在所不惜。耗盡自己的一切也無所謂。我的確……完全沉醉在那股快感裡。」

「對吧!?那混蛋能讓妳露出那種滿足的表情!?放狗屁去吧！只有我能讓小黑那麼愉快！對！只有我，絕對只有我能讓小黑……」

「但現在的我，沒辦法再享受那種戰鬥了。」

「────！」

「我有了更重要的事物。比自己的性命、榮耀還要珍貴千百倍。」

黑乃說完，深深地、以至今最鄭重的態度彎下身──

向寧音低下了頭。

「對不起。」

黑乃的頭總是高高在上。

自那一天起，始終位於自己之上的宿敵。

寧音俯視著眼前的她，心如刀割。

「……妳夠了。我、我才不想用這種方式，看到妳低頭……」

她以為，兩人始終望著相同的目標前進。

如今她們即將就此分歧，再無交錯的一日。

寧音感到遺憾、辛酸──

「…………混蛋……」

難忍的嗚咽與淚水化作梅雨珠露，從緊咬的唇瓣與眼角緩緩淌下。

──翌日。

〈世界時鐘〉瀧澤黑乃，正式宣布從ＫＯＫ引退。

第十九章 魔人對決

遭恐怖分子占領的奎多蘭與法米利昂之間舉行了戰爭。

〈傀儡王〉歐爾·格爾法米與利昂第一皇女露娜艾絲經過協議後，決定以奎多蘭首都為戰場，舉辦這場五對五大混戰。如今戰鬥接近尾聲。〈紅蓮皇女〉史黛菈·法米利昂以及〈落第騎士〉(Worst One)黑鐵一輝早在開打之初便各自解決了〈B·B〉與〈黃金風暴〉約翰·克利斯多夫·馮·柯布萊德。〈不轉凶手〉多多良幽衣與〈惡之華〉(Dirty Rose)艾茵經過一場壯烈死戰，最終以兩敗俱傷收場。戰況一面倒向法米利昂隊伍。

然而——這場戰爭尚未決出勝負。原因在於，奎多蘭隊伍的「主戰力」還剩下兩名〈魔人〉(Desperado)。

戰爭契機，一切爭端的元凶——〈傀儡王〉歐爾·格爾。

以及以最強傭兵之名威震天下——〈沙漠死神〉(Haboob)納西姆·薩利姆。

前者信守便能掌控整個國家。

後者則曾以暴力毀滅無數國家。

兩人都能以一己之力掌控整場戰況，是奎多蘭方的外卡。

只要這兩人還留在場上，雙方依舊難分高下。

法米利昂隊伍同樣推派「主力」迎戰強敵。

法國ＫＯＫ・Ａ級聯盟世界排行第四，同時也是歐爾・格爾的親姊姊——〈黑騎士〉艾莉絲・阿斯卡里德。法米利昂隊伍由她迎戰〈傀儡王〉歐爾・格爾。艾莉絲身披靈裝（Device）——〈無敵甲冑（Orichalcos）〉，隔絕歐爾・格爾的所有攻擊，並以猛烈攻勢對歐爾・格爾窮追不捨。歐爾・格爾巧妙利用周遭絲線四處竄逃，但遲早會落入艾莉絲之手。

另一方面，〈沙漠死神〉對上了另一名女子。她身著豔紅和服，外貌形似女童。女子正是ＫＯＫ・Ａ級聯盟排行第三，於東洋之地無人能敵，來自於日本的魔法騎士——〈夜叉姬〉西京寧音。

戰爭開打瞬間，納西姆率先以〈化骸塵暴（Mictlan Tormenta）〉進攻，他的伐刀絕技（Noble Arts）將現場夷為平地。只有寧音安然撐過第一波攻擊，留在荒野上與納西姆對峙。

她與世界最強傭兵戰得平分秋色，互不相讓。

現在這一刻亦是如此——

「——〈黑刀・八咫烏〉！」

〈地縛陣〉對上〈化骸塵暴〉。

蘊含殺意的魔力劇烈衝撞，亟欲壓潰、榨乾身居此地的敵人。

魔力激流四處飛散，密密層層，彷彿在抗拒外界的凝視。而激流的中心處——

寧音誦唱咒歌，發動能力。

〈重力〉——純粹的質量之力。寧音將這股力量轉為足以吞噬光明的漆黑魔力光芒。

她將魔力光芒塑形為刀刃，纏繞於自身靈裝——一對鐵扇〈嫣紅鳳〉之上。

重力之刃呈楓葉狀，外觀類似天狗的葉形團扇。

寧音闔上〈嫣紅鳳〉，刀刃隨之凝聚，變為超過三公尺長的烏黑極光長刀。

手持黑刀，翩翩起舞。

她優雅舞動和服振袖，雙刀舞向〈沙漠死神〉。

自古以來，武術與藝術息息相關。

現今常見的日本武術技巧，其實都源自於「能樂」，例如躡足、間距。

通曉舞之道，即為通曉武之道。頂尖能樂舞者的舞步甚至能讓劍術高手毫無可乘之機。

藏於日本藝能的原理，配上師承〈鬥神〉南鄉寅次郎的劍術精髓。

〈夜叉姬〉西京寧音結合兩者之稀世才華，創造這套戰鬥之舞。

〈夜叉姬〉以「舞」來表現自身的戰鬥慾望。

時而優雅，時而激烈。

其劍術不存在套路，僅隨靈感舞動身軀，揮下一招招渾然天成的劍招。

劍招之中毫無思緒干涉。

任憑直覺，自由自在舞出殺意。

王馬的〈旭日一刀流〉中存在一招〈天津風〉，是以身體牢記一百零八招連擊套路，從劍招中消除一切思緒，以達極速境界。而寧音僅憑直覺就能達到相同效果。

因此，其劍舞神速飛快——而且毫無套路，無從預測。

世界最強劍士愛德懷斯、黑鐵一輝的劍術稱得上「技巧」的極致。而寧音的舞融合自身出類拔萃的戰鬥直覺與美感，可說是「才華」的極致。

重力之刃經劍舞加速，其鋒可斬萬物。

然而——

「喝哈!!」

總計七刀。每一刀在即將劈開納西姆身軀的前一刻——硬生生彈開。

彷彿撞上透明的牆壁。

那是魔力護壁？

——不。

彈開斬擊的並非護壁。

在身上包覆魔力，確實能抵銷〈地縛陣〉、〈化骸塵暴〉這類大範圍攻擊。兩人正是裹上魔力，才有辦法駐留在這形同「冥土」的魔力激流當中。

但寧音的重力刀是將魔力凝聚於一處的斬擊，即便強如〈沙漠死神〉，仍然不可能仰賴區區魔力護壁抵擋攻擊。

那麼，是什麼彈開了這七刀？

答案揭曉，正是納西姆高舉的左拳。

他的左拳打斜舉向寧音。

彷彿以黑暗為材質打造而成的漆黑手甲——〈乾涸死靈〉(Toxcatl)，護住了納西姆的左手。左手在重力刀劈向周身的剎那間擊出，將所有斬擊一一擊落。

是刺拳。

輕握雙拳，鬆力，飛快擊發，迅速收手。

納西姆以拳擊做為戰鬥方式，而刺拳正是拳擊最基礎的招式。

刺拳的破壞力遠不如直拳、上鉤拳，多用於牽制敵人、抓穩進攻節奏或是測量敵我距離，也就是輔助用的攻擊。

但刺拳有一項直拳、上鉤拳沒有的武器。

那就是速度。

刺拳是拳擊中最快的技巧——不，現存數百支空手格鬥技流派、包括各式兵器在內多達上千支武術流派，所有招數都無法與之比擬。可說是名副其實「最快」的體術。

納西姆施展的刺拳之快，普通高手甚至無法窺見其殘影。乍看之下，寧音的攻擊的確被隔絕在無形牆壁之外。

納西姆以極速之拳悠然應對寧音的斬擊。

強如〈夜叉姬〉，仍無法輕易突破刺拳之壁。

即便她的劍招難以捉摸，在超越一切的速度面前完全無用武之地。

納西姆慢一步出拳，仍然來得及應付她。

話雖如此……納西姆的左拳並非無人能敵。

確實存在反制之法。

其中一種便是肉搏戰。

刺拳的特徵在於伸拳打擊，和直拳同屬於中距離打擊。只要將納西姆拖進超近距離內，讓他無法完全伸手，就能大幅度減低刺拳的速度、威力。史黛菈曾趁納西姆完全伸直手之前，主動撞上拳頭，扼殺攻擊勢頭。這方法顯然有效。

再加上寧音個頭小。

她在狹小空間內依然能靈活行動，極近距離中能動用的手段遠多過史黛菈。

事實上在A級聯盟賽事中，寧音最擅長與對手進行無呼吸間的互毆，也就是亂鬥。

——但是寧音並不打算採取這種戰法。

她刻意放棄近距離戰鬥的選項。

寧音的攻擊被彈開無數次，她仍將重力刀維持在固定長度。納西姆每逼近一步，她便向後退一步，堅持從近距離外進攻。

這是為什麼？

她當然有理由這麼做。

她不選擇近距離的原因在於——納西姆的「右拳」。他接連抵擋眼前的猛攻，右拳卻仍然按兵不動。

其必殺右拳無與倫比的攻擊力，足以使地殼碎裂、大地死滅、城鎮下陷，甚至一擊擊碎以重力拉下太空垃圾的無敵大招——〈霸道天星〉。〈沙漠死神〉毀滅數個國家，殺人無數，導致右拳附帶宛如詛咒的濃濃屍臭。納西姆的右拳現在正位於進攻位置，蓄勢待發。

〈終末爆擊〉(Dead End Blow)。

彷彿架設在發射臺上的核子飛彈。

寧音若是輕易奔進納西姆的胸懷之間，飛彈會瞬間發射，葬送她的性命。

納西姆靜靜等著這一瞬間。

他隨時都能與對方展開遠距離魔法戰，卻始終收著右拳，證明他有此打算。

寧音自然不願拉近距離。

有勇無謀地向前衝，只會成為絕佳的飛彈靶子。

所以她利用魔法，從納西姆的右拳射程外進攻，嘗試打開一條生路。納西姆隨即以左拳擋開魔法，踏步向前，將寧音納入右拳射程之內。

寧音逃開，納西姆又追上。

這場戰鬥開打至今，戰局始終保持前述形式。

寧音一邊應戰一邊後跳步，拉開距離。納西姆則是不斷向前逼近。

雙方在速度上有明顯差距，納西姆總有追到的時候。

現在亦然──

「哼！」

「唔……」

納西姆揮開寧音的重力刀，趁機大步向前。

他一口氣侵蝕彼此間距，寧音落入左拳的攻擊射程。

極速殺意在頃刻之際擊出，撕裂虛空。

寧音的動態視力再敏銳，只能勉強辨認出拳頭最初的行動。

納西姆的刺拳不但速度快，更是殺傷力十足。以耐打著稱的〈紅蓮皇女〉甚至曾敗在其拳頭之下。

寧音可不如史黛菈耐打。

只消直接命中一擊，就足以使她香消玉殞。

雙方現在的距離，對寧音來說十分危險。

必須設法再次拉開距離。

但是心急逃竄只會變成活靶子。

只要納西姆追趕的速度快過寧音，她一定會馬上落入納西姆的掌中，並在姿勢不穩的狀況下遭到右拳大砲狙擊。

到時當然只有死路一條。

首先必須讓納西姆以右拳攻擊一次，使之落空，才能趁機逃走，拉開間距。

不能搞錯先後順序。

寧音迫於無奈，才始終置身於一擊殞命的危險距離中，發揮極限的集中力。

然而——

「————」

身經百戰的魔法騎士——〈夜叉姬〉即使身處險境，防守仍舊無懈可擊。

納西姆一拉近距離，寧音隨即張開〈嫣紅鳳〉，使重力刀還原成葉形團扇的模樣，調整攻擊範圍。藉此提升近距離戰鬥的靈活度，舞動身軀，華麗地化解納西姆的連擊。

躲避、反彈、閃身，一切動作如同行雲流水。

她為什麼能抵擋這極速之拳？

寧音的行動比納西姆的刺拳還快——並非如此。

她的防守除了仰賴精湛的體術，還多虧另外一點：寧音自戰鬥開始之初，始終堅守自身唯一的戰略。

她知道，自己與納西姆對峙時自然會產生相對優勢，她就是充分利用這項優勢。

那就是體型差異。

寧音與普通女性相比，仍然十分嬌小。納西姆則是偏高大。

她和納西姆站在相同高度的地面上，對方又以拳頭為武器，幾乎只能瞄準她的頭部。

沒錯。寧音身為〈重力術士〉，卻刻意立於地面作戰，便是為了以體型之差侷限納西姆揮拳的軌道。

納西姆的左拳總是朝寧音頭部飛來。

無論他如何變換出拳軌道，目的地終究只有一個。

對〈夜叉姬〉級別的騎士而言，既然能事先預知對手的標的，不管拳速多快都不難應對。

再加上她極近距離觀察了十幾次，即便出拳快如疾風——**雙眼終究會習慣**。

這一剎那——即為反擊的良機！

「……!?」

下一秒，納西姆在墨鏡後方震驚地瞪大雙眼。

刺拳在捕捉到寧音鼻尖的霎時之間，微微錯開了角度。

拳頭打偏了。

不。

納西姆並沒有偏離拳路。

偏離的是——拳頭通過的空間本身。

空間彎曲。

寧音習慣納西姆的拳速後，預測下一招刺拳的路線，以重力扭曲空間，使納西姆的刺拳拳路偏離目標、揮空。

當雙方停留在彼此的有效打擊範圍內進行亂鬥——

那怕只是一發揮空，都可能成為致命的破綻。

納西姆隨即拉回揮空的左拳，準備擊出下一發攻擊，卻為時已晚。

寧音趁對方收回刺拳之際，直接後仰壓低身形。

背部幾乎擦過地面。

接著她彷彿陀螺一般迴轉身軀，呈水平揮動扇狀重力刀。

刀刃直指納西姆的腳踝。

他的左手防禦力確實堅若磐石。

但那僅限於**左手的攻擊範圍**。

拳擊戰鬥的確善於防守上半身。相對的，拳頭無法顧及下半身，形同毫無防備。

這也難免。基於拳擊原本的規則，選手一**開始就不會料想到**朝下半身而來的攻擊。

寧音攻其不備。

趁著拳頭揮空之際，那決定性的破綻。

她的反擊絕佳。

但是——

「————!?」

寧音的重力刀水平揮過地面之際，戛然而止。

對手從正上方踩住了〈嫣紅鳳〉！

寧音細心誘導拳路，趁機揮出此一反擊。

這一擊甚至超越人類的反射神經極限。

納西姆卻輕易招架住寧音的反擊。

寧音大大失算。

對手擋下這無法防禦的一擊，這次輪到寧音在致命距離中暴露破綻。

〈沙漠死神〉不會錯過此一良機。

「喝！」

納西姆踩住〈嫣紅鳳〉，順勢施展殺手鐧。

〈終末爆擊〉。

其右拳迫使卡爾迪亞沉入地底，甚至擊碎寧音的〈霸道天星〉。

這必殺右拳積蓄了自身的乾涸之力。他半身傾斜，欲從寧音的下巴之下向上揮拳。

他的身形如同棒球投手的下勾投法，從超低空向上而去的上鉤拳。灌注在右拳的臂力足以擊碎地殼，憑藉蠻力打碎寧音催生出的空間歪曲，眼看就要勾走寧音的性命——

——一拳揮去！

下一秒，拳壓連同周遭的空氣轟向上空。

空氣摩擦產生白焰，化作白雷升向天際。

寧音的魂魄也隨之而去。

——本應如此。

「…………」

納西姆的右拳並未傳來擊碎生命的觸感。

這是當然。

因為〈夜叉姬〉西京寧音在千鈞一髮之際放開靈裝，躲過他的必殺一擊。

寧音能在危急之際左右攻防的結果，全仰仗她無比的集中力。

一般人進行攻擊之時，自然會顧不得防守。

換作是足以決勝的一擊，更是如此。

身經百戰的〈夜叉姬〉卻不同。

她即便是斬向納西姆腳踝的一剎那，仍然時時提防「右拳」。

藉此留下最後的退路。

寧音的戒心奏效，再次退離納西姆的攻擊範圍。

「——」

「——……」

寧音迴避危險的近距離戰鬥後，以引力回收脫手的靈裝。

納西姆則是再次傾斜架勢，舉起左拳。

雙方才剛脫離生死一瞬間的交鋒，再次投入戰鬥。

從起頭的衝突開始，始終持續著不分上下的攻防戰。

正因為雙方皆擁有傑出的戰鬥直覺與能力，兩人始終維持高等級的攻防，互不相讓。戰局陷入膠著，始終無法迎來決定性的一刻。

然而，納西姆在這僵持不下的戰鬥中——揚起猙獰的笑意。

經過目前為止的打鬥，他能肯定。

這場戰鬥的優勢——就在自己手上。

「剛才這招挺行的嘛。」

納西姆輕舉左拳，讚賞方才輕易脫險的寧音。

「打偏我的左拳之後，立刻斬向我毫無防備的雙腳。而且是看準拳頭伸直的致命破綻，瞬間溜進來。招與招之間流暢無礙。一般人可擋不住這一刀。不過……真是怪了。老子還活著哪。妳都瞄準了致命傷，屏除思考揮出這一刀，老子卻輕輕鬆鬆擋了下來。妳覺得是為什麼？」

納西姆無畏地笑道，開始跳步。

他調整節奏，準備再次拉近距離。

寧音的〈嫣紅鳳〉再次纏上漆黑重力刀，闔上扇葉凝聚成型。

再次化作超過三公尺的長刀。

她終究打算保持距離應戰。

納西姆見狀，輕嘆一口氣。

「哼哼，妳這女人真是不死心。看來妳是死也不想吃我的『右拳』。也是，畢竟妳就靠著這份戒心活到現在……但是膽小如妳，劍招處處留『退路』，就算花上千百年也傷不了我……！」

下一秒，納西姆再次大步上前，奔向寧音。

準備又一次將她納入攻擊範圍。

想當然耳，寧音揮動重力雙刀迎戰，然而——

「沒用沒用!!」

納西姆面對寧音的神速雙刀亂斬，絲毫不放在眼裡。

他以左拳一一化解劈砍，向前邁進。

寧音再次向後跳步，拉遠距離——

「看妳往哪跑！」

納西姆配合寧音的行動，更快、更大步地往前踏去。

絕不放過對手。

雙方距離更加縮減，只剩兩公尺左右。

納西姆再向前跨一大步，寧音就會再次落入納西姆的攻擊範圍之中。

但她早已料到眼前的局勢。

這戰況已經重複數次。

〈夜叉姬〉西京寧音可不笨，她當然另有對策。

「——哦？」

納西姆以左拳彈開重力刀，一轉眼，她的企圖隨即生效。

重力刀碎裂、崩解，碎片劃為無數黑蝶。

伐刀絕技——〈黑死蝶〉。

這是化為蝴蝶模樣的超重力能量空雷。

這些黑蝶乍看之下輕飄飄的，令人憐愛，實際上卻是最大質量高達十噸重的質量炸彈。

恐怖的凶器迅速包圍納西姆。

納西姆的左拳再萬用，恐怕也無法擊墜所有蝶型空雷。

但是──

「三百六十度的全方位飽和攻擊，是吧？點子是不錯──就是沒什麼意義。」

〈沙漠死神〉無動於衷。

他看穿〈黑死蝶〉隱藏在可愛外表下的殺傷力，仍然不改無畏的笑容。

──接著，他做出難以置信的舉動。

「讓妳看點有趣的表演。」

他置身於〈黑死蝶〉的包圍網，竟然**閉上了眼**。

他想幹什麼？

寧音無須思考對方的動機。

納西姆的愚蠢舉動為她帶來千載難逢的好機會。她可不能錯失良機。

多達兩百隻〈黑死蝶〉團團包圍納西姆。

寧音讓蝶群一擁而上。

兩百隻〈黑死蝶〉爭先恐後飛向納西姆，接連爆炸。

蝶群化為衝擊波，從四面八方胡亂攻擊納西姆。

他不可能只用左手應付如此密集的飽和攻擊。

再加上，納西姆化作沙礫仍然無法化解這一連串重力打擊。

〈黑死蝶〉綻裂之際迸發一道道漆黑的魔力餘光。納西姆就站在原地挨打，無力脫逃，漸漸讓餘光吞噬。

當最後一隻〈黑死蝶〉攻向納西姆——

「………！」

〈夜叉姬〉西京寧音震驚地睜圓雙眸。

納西姆被〈黑死蝶〉群重重包圍，赤身承受無數超重量打擊之後——

——他依舊悠然佇立在爆炸中心。

雙眼仍然緊閉。

納西姆自然是刻意為之。

寧音正是察覺他的動機，才更顯驚愕。

「你真敏銳呀。竟然能不睜眼，**直接看穿真正的攻擊**。」

「呵呵呵……」

寧音無奈地苦笑。納西姆朝寧音伸出左手，緩緩張開穿戴黑曜手甲——〈乾涸死靈〉的手掌。他的掌中落下捏碎的蝴蝶殘骸，總計有十二隻。

那是寧音的〈黑死蝶〉。

殘骸滑落地面，化作微光消逝。

「那群蝴蝶裡，只有這十二隻有足夠的攻擊力取我性命。其他蝴蝶不過是用來混淆視聽，好讓這些玩意有辦法接近我。直接用身體擋，頂多痛個一兩下，沒半點作用。既然要不了我的命，也沒必要閃。」

「…………」

「哼哼，妳不懂我怎麼發現的？原理就和剛才擋下偷襲的時候一模一樣，沒什麼大不了。老子我……可是能預知未來啊。」

「你說未來……？」

寧音一臉狐疑。納西姆見狀，則是自豪地回答：

「悠哉度日的日本人大概很難想像，獨裁者和反抗軍可是在我的故鄉內戰了半世紀以上。老子出生時可是從炸爛的女人肚子裡爬出來，時時刻刻都和死亡並肩而行。可能也因為這經歷，我可以聞到那股氣味。想殺我的人總會散發類似硝煙的刺鼻氣味──那是『殺氣』的氣味。」

情感是人類的原動力。

人類有所行動時，必定存在做為「念頭」的情緒。

撇開有意識的思考，無意識的本能行為同樣源自於這股情緒。

某些正義之士見到第三者置身於險境，會不顧自身安全上前救助。這些人事後會回答：「身體在思考之前先一步行動了。」而他們的作為證實了前述理論。

而在戰鬥中引起行動的情緒多為敵意、殺意，也就是「殺氣」。

「一般人透過訓練就能感受殺氣。〈夜叉姬〉，妳早就學過這玩意了吧。你們這些魔法騎士可以透過殺氣散發的時機或濃淡，大致上推測對手的行動，立定攻防對策。不過……老子可不一樣。你們那種模糊的直覺可不能跟我的敏銳度相提並論。

我可是能比敵人更早察覺，他腦子裡的『念頭』對**身體下達何種命令**。」

納西姆的受體（Receptor）可以比當事人先一步接收對方大腦中樞下達的命令。

等對手的受體接收到命令，納西姆的肉體早已準備好應對敵人的下一步動作。

「哼哼，偷襲什麼的對我當然不管用。對手想幹什麼我都一清二楚，要擋要躲隨我的便。早知道有些攻擊殺不了我，何必花時間閃躲？搞清楚這些念頭……不就等於能預知未來嗎？」

納西姆的一番話根本是胡說八道。

比他人更快接收到對方的腦內信號？

不可能辦得到。

從人體結構來看，可能性等同於零。

這解釋簡直天方夜譚，荒謬至極。但是——

「……看你剛才的行動，倒不像純粹的夢話呢。」

寧音並未視為無稽之談。

對方的高超身手使她無法等閒視之。

寧音的明智判斷令納西姆十分愉快，他勾起嘴角。

「這可不是胡謅。

我能憑感覺得知一公里外的狙擊手打算扣下扳機。

我若是察覺不到那些殺氣，就活不到今天。

所以我做到了。就這麼簡單。

我在學會使用能力之前，就是憑著這股第六感活過每個槍口。區區視覺、聽覺，只要一顆手榴彈炸開就徹底完蛋。我的〈超戰爭感知〉和本能的連結，比那些知覺更加緊密，現在更進化到預知未來的境界。

我的身體不需要意識介入，會自動感知任何足以致命的殺氣，做出適當防禦。妳的劍招只要是源於『念頭』，不管招數再迅速、再精準，永遠都在我的掌控之中。

因此——

妳只有一個方法能取我性命。就是將殺意灌注在一擊裡。不留後路，盡妳所能劈開我的防守，全心全意的一擊！所以，來吧！內心的殺念全都沖著我來！假如——」

假如她畏懼自己的右拳，無法專注進攻——

「那妳也別玩了，乖乖給我下地獄去啊啊啊啊啊啊啊————!!」

此刻，納西姆強而有力地踏碎地面。

他前進——不，是衝刺並逼近寧音，疾速如箭。

寧音當然有所應對。

她揮動重力長刀，從遠距離應戰，然而——

「想得美!!」

納西姆輕易彈開重力雙刀，寧音的身體大幅度後仰。

「……！」

拳頭的力道變了。

從注重速度的刺拳，變成附著上身力勁的左直拳。

寧音登時失去平衡，無力閃躲。

納西姆趁機一口氣縮減距離。

再次將寧音納入左拳射程——一拳揮出！

左拳宛如一座對戰車砲，朝寧音矮小的頭部如雨般落下。

只為開創那決定性的一刻，擊出必殺右拳定勝負。

寧音故技重施，彎曲空間誘使對手揮空。

不過——

「喝啊啊啊啊!!」

「……！」

在如此境界的戰鬥中，曾使用的手段不可能成功第二次。

納西姆隨即修正拳路。

出拳的同時扭轉拳路，緊追寧音而去。

寧音逼不得已，只能置之死地而後生。

上身一個迴旋，〈嫣紅鳳〉在千鈞一髮之際打偏納西姆的左拳。

她活用嬌小體型，精采地迴避攻擊。

然而，現狀對寧音來說並不樂觀。

納西姆的左拳兼具超乎常人的速度與破壞力。

而自己被迫在對方最能活用左拳的中距離內應戰。

寧音暫時仰仗絕佳的戰鬥直覺與之拚搏，但恐怕撐不了多久。

若是輕率進攻，又會像剛才一樣遭到右拳反擊。

納西姆下一次不會再失手了。

話雖如此，倘若她隨意後退，退卻的瞬間會破綻百出，右拳必定緊追而來。

進退不得，卻無法持續防守。

寧音陷入與剛才相同的逆境──不，她無法彎曲空間誘使對手揮空，狀況可說是比方才更加緊迫。但是──

寧音面對如此緊要關頭，仍然不缺錦囊妙計。

「哦？這可有趣了。」

納西姆在交鋒之中隱隱察覺。

每一拳傳來的手感有異。

納西姆接連不斷擊出左拳，拳速快得讓人措手不及。

寧音揮舞雙扇，將襲來的拳頭一一拂去。

雙方靈裝每每交鋒，魔力光芒劇烈噴散。

兩人表面上在極近距離打得十分激烈，納西姆卻感覺自己的拳頭彷彿打在軟布上。

力道全數遭到化解，毫無作用。

納西姆對這技法似曾相識。

「〈夜叉姬〉，我記得妳是〈鬥神〉的徒弟。傳說在第二次世界大戰，〈鬥神〉……不、〈無缺〉南鄉經歷場場惡戰的南方作戰，唯有他毫髮無傷存活到最後一刻。他引以為傲的〈劍曲‧劍之舞〉，以極為柔軟的防禦接下敵人的刀劍，身體如舞蹈般迴旋，將所有衝擊力歸於虛無。老子也曾耳聞這劍舞的高明之處，竟能徹底消除我的左拳力道，還真是名不虛傳……！」

納西姆難得直接地讚賞對手。

寧音卻回以譏笑。

「嗯哼，大傻瓜，根本不一樣。」

「什麼？」

「這位叔叔真不解風情。居然把嬌弱美少女的舞姿和那老頭的章魚舞相提並論。妾身的舞可是更加優美呢。」

「哦……？」

她輕巧曼妙的防禦圓舞，以及封殺左拳時的譏諷之語，配上眼中銳利懾人的光彩、脣邊的淡笑，在在呈現她的自信。

原來如此。至今的確從未有人在這個距離內徹底抵禦自己的左拳。

她的自信並非毫無根據。

但是——無論她的技巧多麼精湛，終究僅限於防守。

（這傢伙現在不含一絲「殺氣」……！）

這就是鐵證，代表她現在光是防守就已經用盡全力，毫無進攻之意。

事實上，南鄉的〈劍曲．劍之舞〉在防禦方面無與倫比，卻與同性質的〈天衣無縫〉相異，完全排除**反擊**的機會。劍招本身全力維持守勢，以待威脅度過。

現在的寧音已經退無可退，逼不得已才動用這一招。

她巧妙地守在敗退邊緣，卻不如臉上那般輕鬆。

納西姆能比敵人更敏銳察覺對方的「殺氣」，他對寧音的想法瞭若指掌。

至於她為何要表現得如此信心十足——當然是為了誘導納西姆。

試圖引誘自己擊出那緊握麻木的右拳。

到時她就可以配合輕率擊出的右拳，再次退後。

既然如此——

「那就讓我瞧瞧，妳能舞得多誘人！！！！」

「！」

納西姆看穿寧音的企圖，故意舉起留存已久的右拳。

他筆直毆向寧音，打算一拳打碎她的臉蛋。

然而，這是一步壞棋。

〈終末爆擊〉的攻擊力無可比擬，他出拳的動作卻過大。

面對提防已久的對手隨意一揮，不可能命中目標。

寧音隨即配合敵人右手動作，向後跳步。

她逃向〈終末爆擊〉的攻擊範圍外，但是——

「——!?」

她的如意算盤落空了。

寧音的身體向後跳時撞到了某種物體。

她的身後原本空無一物，卻忽然間冒出了障礙物，這是——

「〈沙塵冶金（Alchimia Hierro）〉！」

一道高聳厚重的鐵牆。〈沙漠死神〉納西姆從腳下施放魔法分解基岩，萃取鐵質加壓、隆起這道牆。

鐵牆截斷寧音的退路，逃脫大計以失敗告終。

反倒成了她的致命傷——

「〈終末爆擊〉——！！！」

右拳全力擊向寧音頭部。

他的右拳纏繞著黑砂旋風。

這必殺一擊一觸及敵人，瞬間奪走全身水分，使之化為碎沙。

寧音閃避不及，左手上的〈嫣紅鳳〉隨即一揮。

扇面彷彿要從下輕巧舀起迎面而來的拳頭。

宛如合氣柔術中的「卸除」。不直接承受力道，將力道從旁導離目標。

但是──

（雕蟲小技──！！！！）

納西姆對於敵人的對策不屑一顧。

合氣是一套優秀的技術，但在武術的世界卻有其極限。

好比一個人從車站月臺推動電車側面，電車當然不為所動。

只有推電車的人會被電車彈飛。

這是天經地義。

區區人類無法抵抗絕對強大的力量流動。

納西姆的右拳正是這股力量。

假設寧音一開始就動用能力，或許勉強能抵擋。

逃脫失敗之下的苦肉計不可能接下這一拳。

正因為如此──

「…………嗄？」

納西姆的思考無法追上現實。〈嫣紅鳳〉**輕而易舉**地彈起全力擊出的〈終末爆擊〉，拳頭擦過寧音頭頂，擊碎她身後的鐵牆。

究竟是怎麼一回事？

落空的右拳上徒留衝擊，筋骨一陣麻木。

自己確實以非比尋常的力量揮出一拳，這股麻痺就是證據。

寧音在某處深藏著一股力量。這股力量雖不足以抵銷〈終末爆擊〉，卻能使攻擊轉向。

納西姆面對這意料之外的局面，彷彿與時間一同凝結。寧音雙手舉起〈嫣紅鳳〉，正要斬向納西姆。

這波攻擊的前置動作早已就緒。

反擊流暢無阻。

她這波攻擊顯然早有預謀。

然而——既然如此，為何自己感受不到寧音的殺意、殺氣？

疑惑、不解，在這停滯的轉瞬之間掃過納西姆的腦海。

緊接著——

「咕、呃啊啊啊啊啊啊啊啊啊啊啊！？！？！？」

寧音如陀螺般急速迴旋。時間恢復流動，十連擊同時將他的疑問連同肉體斬成碎片。

重力之刃的劈砍讓納西姆無法化作砂粒。刀刃砍下右手與左腳，斬斷體內的五臟六腑與骨骼，並打斜劈開頭部。

每一刀都足以致人於死地，不含任何一絲猶豫、憐憫。

納西姆毫無防備地接下十刀，鮮血與內臟轉瞬間飛濺到半空中，發出啪嗟一聲，沉入化作荒漠的大地中。

「可以憑空接收他人的殺氣，預知其行動。這能力確實了不起。不過所謂的『情緒』，不就是動搖的心靈嗎？簡單，只要保持心如止水就能應對。再說……」

寧音以〈嫣紅鳳〉輕遮脣邊，淡淡說道。

冰冷無情的雙眸俯視納西姆──

「不就是殺一隻毫無生存價值的螻蟻，何必起心動念？」

一架直升機盤旋在戰場上空，鳥瞰整座路樹爾。

由於這場戰爭「表面上」遵守聯盟公約，聯盟方便派出這架轉播直升機進行轉播。

布馬不幸獲選擔任本場戰爭的主播。另外還有數架空拍機分派到路樹爾各處。

布馬正在直升機內監控空拍機回傳的影像，並為留守法米利昂的人們播報最新戰況。

『〈落第騎士〉秒殺〈B・B〉！〈紅蓮皇女〉一個巴掌狠狠打飛〈黃金風暴〉！〈不轉凶手〉與〈惡之華（Dirty Rose）〉在首都中央的王城戰得兩敗俱傷。現在戰場上剩下法米利昂隊伍四名選手，奎多蘭隊伍兩名選手！

這場戰中差不多要接近尾聲了！

法米利昂能否勢如破竹，贏到最後？

還是奎多蘭會撐到最後一刻！

老子當然希望法米利昂繼續贏下去啦！奎多蘭都找了一夥恐怖分子跑來侵門踏戶，還要老子實況中立？吃屎去吧！所以接下來〈傀儡王〉對〈黑騎士〉，我也會超級偏心——咦？等等！』

主播忽然望向其中一架空拍機回傳的影像。

畫面拍到要塞都市路榭爾正門原本所在的位置。

戰爭開打下一秒，納西姆的奇襲隨即開啟他與寧音的戰鬥。

兩人周身噴散過於濃烈的魔力光芒，導致外界無法觀察這一處的戰況。

主播忽然驚覺，那一處的魔力光芒漸漸消退。

『正門附近的影像終於變清晰啦。這兩個傢伙可真會讓主播和觀眾欲哭無淚！這一邊的戰況在那之後究竟變成怎麼、呃、這……SHIT！』

魔力餘光散去，眼前的慘狀映入眼簾。主播頓時一陣尖叫。

『還真是面目全非啊！豈止是廢墟！黑光裏住的部分變成整片沙漠！總計大概有直徑三公里！什麼都沒了！』

現場別說是寸草不生。

連岩石、水泥都化為沙塵，徒留些許房屋鋼筋。整幅景象顯得十分淒涼。

這是殘骸。

整座路榭爾的七分之一化作殘骸。

只有一名伐刀者(Blazer)能創造如此異景。

『這肯定是〈沙漠死神〉那怪物搞的鬼！難不成〈夜叉姬〉吞敗仗了!?』

主播趕緊派出數架空拍機前往現場，想弄清楚戰鬥結果。

其中一架空拍機隨即在沙漠中心拍到一道人影。

那是納西姆？不——

『不、不對！是〈夜叉姬〉！〈夜叉姬〉西京寧音獨自立於戰場上！〈沙漠死神〉被砍得七零八落，陷進沙漠裡！〈夜叉姬〉西京寧音贏得正門前的戰鬥啦——!!』

一抹豔紅佇立於死滅大地之上。

主播見到寧音的身影，高聲歡呼。

法米利昂的人們透過轉播守候戰況，同樣歡聲四起。

「太好啦——！不愧是世界第三！」

「嗚哇，血跟內臟噴得到處都是。簡直是血腥恐怖片嘛。」

「這看起來肯定是死透了。」

「太、太強了！她打贏那個怪物了!?」

「那位大姊太神啦……！」

國民、軍人見到這一目了然的勝負結果，齊聲喝采。

法米利昂國王席琉斯和眾人一同觀戰。他也使勁握拳，面露欣喜。

他不久前與寧音在機場送走史黛菈一行人之後，還曾覺得寧音可怕，她卻是我方最可靠的夥伴。

『之前跑去避難的裁判現在出發前往現場，準備確認〈沙漠死神〉的生死。不過這種悽慘死狀哪還需要確認？就算現在把屍體扔進再生囊（Capsule）都沒救啦。哪有人類被砍成破布袋還能活——』

那根本不是人了。

所以現在敵方只剩一名選手。

也就是這次動亂的主謀——〈傀儡王〉歐爾·格爾。

人人都這麼認為。

除了一個人——

「還沒完呢。」

〈夜叉姬〉西京寧音之外。

「少裝睡了，快起來。妾身哪會蠢到中那種無聊招數。」

「…………哼哼哼、哈哈哈哈……」

寧音說完，納西姆支離破碎的屍體口中忽然噴出鮮血與笑聲。

下一秒——

「那還真可惜。我還以為妳會傻乎乎地靠過來，我就能趁機宰了妳。」

血肉模糊的納西姆挺起了上半身。

他的臉上除了一道深入頭骨的刀傷，還揚起了一絲笑意。

『Je、Jesus——!?我的媽呀！沙、〈沙漠死神〉……！納西姆明明掛點了，腸子、鮮血灑一地，現在卻坐起來啦！他、他是不死之身啊!?』

主播難以置信地高聲慘叫。

也難怪他如此震驚。

納西姆的喉嚨撕裂，露出頸椎，腹部殘留無數刀傷，腹壓擠爆傷口。

普通人早就休克死亡。即便勉強存活，也離死亡不遠了。

然而，納西姆卻活了下來。

毫不在乎自己全身傷痕累累。

為什麼他有辦法存活？

寧音心知肚明。

（太淺了呢。）

寧音看準納西姆篤信自己的第六感，出其不意，在絕佳時機予以反擊。

她原本堅信這次攻擊就能定勝負。

但是——

（沒想到他在那一瞬間還能出『左拳』。）

寧音苦笑，低頭望向自己的右手。

握持〈嫣紅鳳〉的纖細手指全扭向詭異的方向，只剩拇指與小指完好如初。

寧音以壓箱絕技卸開〈終末爆擊〉，邁向納西姆的胸懷。她展開劍舞之際，納西姆的左拳突然襲來。

他沒有動用腰肩力道，純粹以左拳毆打。

但威力已足夠打斷寧音的細指。

納西姆的這發左拳讓寧音的步伐與劈砍略淺一分，勉強保住一命。

（〈超戰爭感知〉，可搶在敵人之前察覺敵人殺氣下達的攻擊命令。這能力是挺棘手的，但大腦信號的產生與接收，了不起只有區區零點一秒，甚至更短。這點毫釐之差很難真正搶先應對敵人的偷襲。接收到信號後必須發揮極高的反應速度，才能真正將之轉為決定性的差距。真正麻煩的，其實是這個大叔非比常人的體能啊。）

納西姆被砍得內臟橫流。然而，人類被摘掉心臟後還能活上數十秒。

他並沒有當場死亡。

必須直接切開納西姆的頭顱，將大腦劈成兩半才能致命。

頭部那一刀雖然深入顱骨，卻沒傷及腦部。

納西姆只要還有一口氣在，就能以沙塵重新構築自己的肉體。

實際上，納西姆的外傷幾近痊癒。

實質傷害等同於無。

他馬上會再度進攻。

寧音握緊慘遭粉碎的手指，以重力魔法施壓整形。

這種治療雖然強硬，至少比較好活動。

寧音將強行壓回原狀的右手一握一合，確認手指狀況。

斷指的疼痛並未消失，但是活動自如。

自己還能戰鬥。

寧音確認自身狀況，納西姆也同時恢復傷勢。

納西姆拍了拍黑衣上的塵沙，緩緩站起身。

他不知為何只保留了臉上的刀痕，滿臉鮮血，卻又愉快地開口：

「太驚訝……真是太讓我驚訝了。沒想到妳居然有辦法打偏〈終末爆擊〉。我吃驚過頭，一瞬間還弄不清妳玩什麼把戲。現在倒是徹底搞清楚了。**那是我的力量，**沒錯吧？」

「聰明。」

寧音點頭。

對眼前的對手來說，相同的偷襲招數用不了第二次。

敵人早就搞懂個中圈套。那自己也沒必要隱瞞。

寧音不僅卸除對方的攻擊力道，還讓那股力量在圓舞中循環，奉還給對手。

黑鐵一輝在七星劍武祭決賽中曾使用過第三祕劍──〈圓〉，讓史黛菈大吃苦頭。寧音的劍招原理和〈圓〉一模一樣。

但是寧音的技巧中，有一項〈圓〉沒有的優勢。

〈圓〉必須將吸收到的衝擊立刻擊出。而寧音的〈重力〉純粹只干涉〈力〉，這種能力搭配高超體能，可將吸收的衝擊停留在舞步之中，還能持續累積力道。

沒錯，寧音從納西姆的每一發殺人刺拳偷走力道。

並且借力彈開原本無力招架的剛強拳頭。

「這就是從老頭子的章魚舞延伸出來的伐刀絕技──〈夜叉神樂〉。」

「挺厲害的。」

攻防兼具的〈夜叉神樂〉。

納西姆聽聞其全貌後不見一絲畏懼，臉上的笑意漸濃，繼續說：

「剛才那場攻防的『核心』不在於妳的招數。我的〈超戰爭感知〉竟然完全察覺不到妳的殺意，這一點最讓我吃驚。」

「這也沒什麼大不了的。某個傻蛋傻傻揭穿自己的底牌，說是從殺氣預知別人的行動。那我不要發出殺氣就行了。」

「沒錯，就是這麼回事。既然殺氣會暴露自己的行動，那就不要發出殺氣。說得像繞口令一樣簡單，但**妳或許還不明白**……真要做到可沒嘴巴上這麼輕鬆。」

「…………」

「人類是群居動物，會自然而然組成群體，並且本能忌諱殺害同類。這就是人的原始構造。當人迫不得已必須殺害同類，就會需要下手的理由。人種、國家、宗教、尊嚴、生命——讓人可以心安理得殺害同胞。而人會依據這些理由產生殺意，並以感情克服本能的抗拒。」

殺了這傢伙無所謂。

必須打倒敵人。

這就是人類的精神構造。

也因此，人可以經由訓練隱藏殺氣，卻無法完全消除殺氣。

既然無法消除，納西姆的〈超戰爭感知〉一定會捕捉到這股念頭。

他從未錯失過任何殺氣。

他以政府軍傭兵身分在中東對上〈比翼〉，這能力仍能發揮作用。

所以納西姆才能斷定。

能夠不帶殺意殺傷人類，將殺氣收放自如。這種人原本就不曾感覺到人類的原始忌諱，不需要理由驅動精神。換句話說——

「只有**我們**這種人渣，才能**打著呵欠**輕鬆殺人哪！」

「……」

「〈夜叉姬〉，妳和我是**同類**。『生命是寶貴的』，我們缺乏這種人類應有的道德觀，就是個披著人皮的怪物……！也只有這種怪物能夠威脅到我……！」

納西姆為此狂喜。

「愉快啊！真是太愉快了。已經很久沒有敵人能如此逼近我的性命！」

某位小說家曾有一言。

生命無常，才凸顯了生命的尊貴、莊嚴與美麗。

納西姆對這句話深有同感。

生命就如同肥皂泡泡般易碎，必須從名為「死亡」的喪失之手中守護自身。

必須窮盡自己的一切。

卯足全力，盡力**存活下來**。

如此遊走於死亡邊緣，才能享受生命的奧妙之處。

納西姆年幼之時，尚未顯現能力之前，每一天都充滿著欣喜。

今天也順利活下來了。

他為此感到無比充實。

曾幾何時，這微不足道的理由令他無限歡喜。

然而……他變得太過強大。

他的拳頭，能夠一拳擊潰任何堡壘要塞。

他超乎常人的第六感，能夠下意識應對任何奇襲詭計。死亡不知不覺間離他遠去。戰爭對他來說曾經燦爛耀眼，如今卻如同吃膩的垃圾食物，毫無意義。

他枯竭了。

生存對他來說不再有趣。

所以他接受歐爾．格爾的邀約。

納西姆內心深藏若有似無的期待。當自己與一半的世界為敵，或許會出現另一種存在，能夠彌補他喪失的那份「死亡」。

人果真該出外旅行。

這女人或許能帶自己走一遭。

重新回到那令人懷念的戰爭之中，窮盡一切歌頌生死……！

於是──

「真正的戰爭，就從這一刻開打！！！」

納西姆接著做出難以置信的舉動。

他的臉孔留有一條深入頭骨的傷疤，他的四指戳進傷口……

「什……!?」

一把扯下自己的臉皮。

「喔喔喔喔喔喔喔喔喔喔喔喔喔喔喔喔————！！！！」

納西姆隨即放聲吶喊，空氣為之動搖，渾身散發漆黑魔力光芒，化作暴風席捲四方。

『多、多麼嚇人的魔力！剛才還半死不活的傢伙從哪擠出這股力量⁉〈沙漠死神〉，你釋放如此可怕的魔力，到底打算幹什麼‼』

主播眼見魔力湧上天際，發現狀況有異，派出數架空拍機接近戰場。

空拍機將魔力洪流的中心點放到最大並聚焦——就在此時。

畫面上的異狀令眾人不禁懷疑自己的雙眼。

猶如颱風肆虐的魔力洪流正中央。

一道疑似納西姆的人形剪影佇立於其中。而那道剪影——

『呃、等、等等。這什麼鬼⁉**他變形了……⁉**』

「這模樣是……」

寧音就近見到相同景象，忍不住倒抽一口氣。

不只是肉體有所變化。

宛如凝煮黑夜般的烏黑魔力吹襲四周。

魔力逐漸開始散發光輝。

那是金黃色的光彩。

黃金光芒無止境地膨脹，燒盡黑夜——

「喔喔喔喔喔喔喔喔喔喔喔啊啊啊啊啊啊————！！！！」

納西姆更加高聲嘶吼之後，暴風停歇。

沙塵飛散，光流掩去的色彩重現，視野逐漸清晰。

於是，一切暴露在陽光下。

魔怪立於化為沙漠的路槲爾大地。

『Un、Unbelievable——!!〈沙漠死神〉怎麼會變成那副德行!?』

納西姆的模樣只能用妖形怪狀來形容。

他的身體整整脹大兩圈，全身肌肉如岩石般隆起，甚至撐破衣服與皮膚；肌肉色澤轉黑，呈現黑曜石般的光澤。

臉部肌肉與皮膚完全剝落，雙眼溶解，彷彿一具焦屍。

然而看似骷髏的頭骨卻長出水牛角，身後張開一對蝙蝠翅膀，腰間生出一條尾巴，有如爬蟲類般緩緩蠕動。

這副猙獰容貌難以稱之為「人」——

『這、這簡直是——惡魔(Demon)啊!!』

主播腦內一團混亂，搞不懂納西姆施展了什麼樣的〈伐刀絕技〉。

但是寧音一看——

（不對……）

她馬上就看穿，納西姆的變身絕非〈伐刀絕技〉使然。

她關注的重點不在於納西姆面目全非的肉體。

而是臉孔。

眼窩沒了眼球。

徒留兩顆空洞。

空洞深處散發金光。

宛如將炙熱的地獄業火關進惡魔外表的火爐內。

這股魔力光輝比剛才的納西姆強上一個層級。

他不僅外型變了樣，魔力的質與量都大幅度有所改變。

只有一種現象可以帶來如此變化。

〈覺醒〉——而且並非尋常的〈覺醒〉……

「〈超度覺醒〉……！」

寧音眉頭緊蹙，低語道。

所謂的〈覺醒〉，是指伐刀者跨越自己的命運，促使自己的靈魂變質，成為不受命運束縛的非人存在。為此，這個過程也被稱為「野獸之魂（Brute Soul）」。

然而，當靈魂成為非人之物，肉體做為靈魂的容器，能否繼續維持人形？

人們對於〈魔人〉抱持前述的疑問，而做為答案的其中一種假設……即為〈超度覺醒〉。

〈魔人〉歷經〈覺醒〉，過度使用非人之力後，非人之魂會開始影響肉體，最後肉體將會配合靈魂變質，成為更適合靈魂的形體，獲得更強大的力量，相對的，〈魔人〉從此失去人性。世界各地存在各種人形怪物的傳說，例如：亞人、惡魔或鬼怪。有人認為這些傳說可能出自於入魔後的伐刀者。

——一切都只是假設。

〈魔人〉本身就極為稀有，無從驗證這些假設。

終究只是推測、傳言。

但是——

「看樣子，那些傳言倒有幾分可信度。可惜了，好好一個帥哥變成這副鬼樣。」

「妳錯了……」

納西姆的喉嚨和眼窩一樣灑落著金焰，出聲反駁寧音。

他的嗓音宛如「風箱」，低沉厚重：

「我一點也沒變。這才是我真正的模樣。〈魔人〉也分等級。那些『渣滓』留戀人類身分，我可不同……！而且——」

納西姆用不存在的眼球凝視寧音，脣肉剝落後的裸齒不屑地嗤笑。

「〈夜叉姬〉，妳也一樣。妳和那些『渣滓』差多了……」

「嗄？」

「我說過了，妳和我是同類。我第一眼看到妳就發現了……這娘兒們的眼神和我一樣。這娘兒們活在那池不冷不熱的溫水，沒能發揮自己的全力，早就厭煩透頂了……!!」

「……！」

「我們才不屑這種平淡無奇的世界。我們要的是超越極限的生，以及貪圖一切生機，如地獄業火的死！妳體內的『鬼』現在也渴望這生死一瞬間……！妳能否認嗎!?」

納西姆呼出金焰，要求寧音認同。

他的話語充滿自信、果斷。

寧音聞言——回想起另一名伐刀者的模樣。

烏黑長髮、纖長手腳，以及那雙滿懷**鄙視**自己的雙眸。

「嘖……」

寧音咂了咂舌，從腦內抹去那人的容貌。

「少在那裡自以為是。妾身怎麼可能變得跟你一樣，醜死了。」

她回嘴道，同時張開雙鐵扇〈嫣紅鳳〉，再次擺出應戰姿態。

她面對真正**放棄做人**的怪物，仍然不改鬥志。

但是她的臉上……

隱約蘊含一絲焦躁——

「妳會的。我現在就把真正的妳——從那具軀殼拖出來!!」

納西姆在這剎那使勁蹬地!

『變身成怪物的〈沙漠死神〉打破沉默,率先出招!他快速逼近〈夜叉姬〉!

太、太快了!』

(不對、太慢了……!)

主播可能看不出來,其實納西姆衝刺的速度慢得離譜。

他巨大化的肌肉肯定帶來了負面影響。

納西姆現在體態形如惡魔,魔力光芒非比尋常地耀眼。

由此可見,他顯然擁有令人畏懼的攻擊力,卻沒有相對的速度,成不了威脅。

寧音見到納西姆起步,直接下了判斷。

然而——這次判斷卻意外操之過急。

「噢喔喔喔喔喔!!!」

納西姆蹬地的同時,噴火似地高聲咆哮。

身體呼應自身吼叫，出現異變。

四肢、手肘與膝蓋率先發亮。

光芒瞬間增強，四肢頓時化為**金光**。

納西姆以發亮的雙腳踏出第二步。

「——!?」

瞬時之間，空氣飛散。

物體急速衝破空氣的表面張力，氣膜登時炸開。

通過的物體正是〈沙漠死神〉納西姆。

踏出的雙腳經由超常魔力輔助，足以一腳踏入沙化地面的底部，力道甚至能震碎地殼。他全身向前拋出，在迅雷不及掩耳之際將寧音納入攻擊範圍內。

第一招是前踢，納西姆的腳猶如長槍，即將刺向寧音腹部……!

「呿!!」

寧音能在剎那間躲過這記前踢，全拜天生才能所賜。

話雖如此，她終究誤算敵人的速度，給了敵人可乘之機。

她是極為勉強地靠天賦躲過攻擊。

不自然的舉動使得全身肌肉嘎吱作響，全身劇痛抽搐。

寧音行動一頓，無力繼續逃跑。

納西姆不會錯過這天賜良機。

『〈沙漠死神〉急遽加速拉近距離，捉住了〈夜叉姬〉。如火如荼的猛烈攻勢!!他來勢洶洶地奪取戰鬥主導權啦!!』

這波攻勢不同以往，拳風之中夾雜腳刀。

納西姆之所以只使用拳頭，是因為自己太過強大，為自己施加限制好在無趣的戰場上獲得些許刺激。如今他面對值得自己拿出真本事的對手，自然不需要繼續限制自我。

這波攻擊顯現納西姆的鬥志。

話雖如此，拳腳交織不代表出招次數變成兩倍。

反而造成反效果。

足技動作較大，套路的輪轉次數必定下降。

再加上，納西姆放棄弱而快的刺拳，每一拳都全力伸直手臂。

他的出拳次數降到變身前的一半，甚至更少。

既然如此——

『Rush、Rush！〈沙漠死神〉猛烈進攻!!但一拳都打不中！〈夜叉姬〉身處有效攻擊範圍內！她的身段柔軟優美，輕盈舞動身軀並封殺這波拳腳攻勢！擁有〈無缺〉美名的防禦高手‧南鄉寅次郎親傳絕技——〈劍之舞〉。她以自身美感將之昇華到更高境界，就是這套〈夜叉神樂〉！納西姆毫無可乘之機！』

寧音在此距離的高超防禦能力並非徒有虛名。

納西姆的攻勢比剛才慢上許多，不可能破解〈夜叉神樂〉。

沒錯，理應如此。然而──

「……！」

寧音以華麗舞姿抵禦亂擊，神情卻十分嚴峻懾人。

寧音現在非常痛苦。

對方的速度、精準度的確低落不少。

每一發攻擊的威力卻隨之提升，而且非比尋常。

（這大叔強就強在這啊……！）

寧音咬緊牙根，狠瞪那雙光拳。

連聯盟加盟國內擁有最高魔力量的〈紅蓮皇女〉，都遠遠不及那雙光拳蘊含的魔力。再者，納西姆能輕鬆使用類似〈水色輪迴〉的伐刀絕技，將身軀化為塵埃化解攻擊，又重新組成身體。想必他控制魔力的技巧也十分出色。

換言之，他身為伐刀者的基礎能力奇高無比。

這就是〈沙漠死神〉納西姆・薩利姆的武器。

他不使用伐刀絕技，將魔力當作純粹的能源，用於放出加速或護盾等等，才能發揮其真正的價值。

納西姆現在正運用精湛的控制技巧，將體內龐大又炙熱的魔力灌注在攻擊上，毫不浪費。〈化骸塵暴〉帶來的乾涸之力消退，主播能夠隔著攝影機目睹戰鬥過程，代表納西姆捨棄持續性的間接傷害，所有魔力投入拳腳之中。

寧音每承受一次攻擊，炸藥在周身爆炸的衝擊便迎面而來。

寧音的〈夜叉神樂〉是攻防合一的伐刀絕技，能吸收敵方攻擊的破壞力，再積存於舞蹈之中。

此招強大歸強大，容量卻有限。

當破壞力逐漸累積，舞步中的力量隨之增強，身體也漸漸受力量擺布。

寧音再繼續承接力量，舞蹈可能會將身體扯得支離破碎。

因此——

「喝!!」

寧音轉守為攻。

方才的刺拳速度過快，她只能單方面維持守勢。對方現在每一擊之間存在充分的時間差，得以見縫插針。

納西姆的上段踢朝頭部劈去，寧音趁機滑了進去。

『高招!!〈夜叉姬〉看準攻勢空檔，闖入要害！局勢瞬間逆轉，〈沙漠死神〉無法應對！她來到敵方胸腹之間！〈夜叉姬〉的嬌小體態在那狹窄的空間內非常有利！她急速迴轉，這招是——』

神速十連擊！寧音方才正是以此劍招，如破布般撕裂納西姆的身體。

『完全命中！連續斬擊順著舞步朝〈沙漠死神〉一陣凌亂劈砍！』

主播眼見可圈可點的反擊順利命中，不禁興奮吶喊。

但是他的激昂——

『……呃？』

隨即轉為寒顫。

寧音的連擊確實命中了。

葉形團扇狀的重力刀縝密劃過納西姆的肉體。

納西姆的漆黑肉體卻毫髮無傷。

『太扯了……!?〈夜叉姬〉的〈八咫烏〉比任何名刀鋒利，而且剛才是直接命中……!?他到底耍了什麼把戲……!?』

主播語帶顫抖。眼前的狀況實在令人難以置信。

當事人卻異常冷靜地理解個中道理。

正因為她明白——才更感絕望。

對方並沒有耍把戲。

原因簡單明瞭。

就如同破軍學園內舉辦的那場模擬戰。

當時黑鐵一輝的刀傷不了史黛菈·法米利昂。其原理就跟現在一模一樣。

納西姆裹在體外的魔力，遠遠強過寧音灌注在重力刀〈八咫烏〉中的能量，才能直接擋下攻擊。

「混蛋……！」

「哼哼哼、哈哈哈哈哈！！！！」

『攻守再次逆轉！〈沙漠死神〉彈開〈夜叉姬〉的劈砍，再次進攻！〈夜叉姬〉信心十足的連擊無疾而終，只能坐以待斃！』

寧音再次落入納西姆的拳腳之網。

〈夜叉神樂〉撐不了多久，全身隨即吱嘎作響。

心靈打擊更甚於身軀的痛苦。

納西姆僅靠流竄在體外的魔力，竟能抵擋她的伐刀絕技、這股足以改寫世界命運的力量。

身為伐刀者最難忍的恥辱、絕望，莫過於此。

（不要退縮！勝負可不是看魔力高低！）

寧音的體術仍然俐落。

她咬牙強忍身心之痛，堅定意志持續抵抗。

幸虧納西姆出手速度變慢。

自己還有辦法趁機反擊。

既然如此，就以〈夜叉神樂〉累積力量，在身體掛點前一刻伺機釋放。

沒問題。保持平常心就有辦法接招。

就一邊接招一邊設法打開活路。

寧音暗自激勵自己。然而，接下來的情景彷彿在譏笑她的努力。

「!?」

寧音又一次趁機以〈夜叉神樂〉施展劈砍。就在這剎那，納西姆忽然消失無蹤。

『啊啊啊！這下完蛋了！雙方置身於生死一瞬間的間距，〈夜叉姬〉竟然在這種時候揮了個空——！太可惜了！納西姆一個側步繞過攻擊，現在擺出反擊姿態啦——!!』

（繞過去!?側跳步!?怎麼可能……！）

寧音一陣錯亂。

她的雙眼緊盯對手的四肢，不曾漏看。

像寧音這種等級的體術高手，光靠敵人的重心移動就能大致預測接下來的行動。

納西姆剛才雙腳緊貼地面，膝蓋也沒有蓄力。

這種姿勢應該無法跳步。

但是為什麼——

（啊！是那條尾巴……！）

寧音望向前方，瞥過納西姆剛才所在位置的塵土，這才發現自己誤算。

納西姆歷經〈超度覺醒〉，利用變化後的一部分人體——尾巴將自身彈向一旁。

人類不可能有此行動。

寧音的預測是以人類的行動為前提，完全被對方擺了一道。

納西姆隨即出拳反擊。

發光的左手向上呼嘯而去。

這是一記從斜下方發出的上鉤拳。

寧音的攻擊揮空，重心還留在前方。

她來不及向後拉開距離。

頃刻之間，寧音的戰鬥直覺靈光一閃。

重心還留在前方，那就向前逃去。

寧音毫不猶豫蹬地，撲向前方，閃開斜側面而來的反擊。

寧音的急中生智奏效，與納西姆錯身而過，在危急之際躲過一劫。

但是——

「唔——」

下一秒，寧音做出驚人之舉。

她向前翻了個筋斗，重新站直身子。腳才剛落地，她便舉起左手的〈嫣紅鳳〉，連同肩膀斬下整條右手。方才納西姆的拳頭微微擦過她的右手。

『這、Cra、Crazy——!!〈夜叉姬〉，妳到底在想什——嗯!?』

主播驚叫般地質問，途中忽然沒了聲音。

寧音的白皙玉手從和服長袖中滑落。

手臂落地的剎那，頓時碎成比沙塵更小的粒子。

是納西姆的能力「乾涸」起了作用。

他的拳頭只擦過皮膚，就能抽乾寧音全身的水分。

寧音若是再多遲疑一秒，恐怕現在已經粉身碎骨。

『Shit……！什麼鬼能力……！』

這個男人擅長以魔力為能源，施展各式技巧，但他的實力不只如此。

他不僅基礎能力高，還擁有殺傷力極高的能力。

寧音在這一刻終於能肯定。

〈聯盟〉、〈同盟〉以及〈解放軍〉（Rebellion），以上三大勢力各自擁有〈魔人〉代表——〈白鬍公〉、〈超人〉、〈暴君〉。眼前的男人不屬於三大勢力，鮮少被提出來比較。但是，他的戰力恐怕能媲美前述三人。

「哼——！」

寧音當機立斷，改變整體戰略。

她捨棄至今穩紮穩打的地面戰，以重力飛向空中。

原本她企圖活用身高差距，限制納西姆的拳路。

但是當敵人動用雙腳，這套方針的優勢就隨之減弱。而且前提是〈夜叉神樂〉足以承受對方的攻擊。那雙拳猶如太陽般毒辣，僅僅擦過一分就能將她化為人乾。

風險太高了。

她不再接下對方任何一拳。

現在唯一的方法，就是在空中閃避所有攻擊。

（那混帳靠著高超的魔力控制催生出沙塵暴，做到原本無關『乾涸』之力的『飛翔』。再加上那對翅膀，想必空中戰對他來說也不是大問題。但我能操縱重力，論應變速度應該還占有優勢……！）

『〈夜叉姬〉放棄肉搏戰，逃向天空了！但這麼做比較好！那傢伙的拳腳實在太Dangerous啦!!』

「判斷得不錯！感覺更誘人了！」

納西姆誇讚寧音的觀察力，使勁蹬地，力道幾乎能引起局部地震。他鼓動背上的雙翼，飛上高空追逐寧音。

但是——

「……!?」

他忽然停在半空中。

寧音舉起獨臂，將〈嫣紅鳳〉高舉向天。

鐵扇傳來龐大的壓迫感。

大招要來了。

納西姆提高戒心，不再貿然追擊。

他判斷得十分正確。

「力壓群雄——！〈霸道天星〉——！！！」

寧音朝向天際更高、更遠之處嘶喊，〈嫣紅鳳〉往眼前的地面揮去。

鐵扇宛若命令軍隊衝鋒的指揮刀。

不、這並非比喻，那正是指揮刀。

飄浮在宇宙中的小型隕石遵從〈夜叉姬〉之令，突破大氣層，燒得火紅，出現在寧音身後，化作奎多蘭夜空中的無數星辰。

隕石總計十三顆，組成平均直徑二十公尺的流星群。

星辰聽從寧音號令，拖著紅焰光帶飛向納西姆。

『這是……！終、終於出現啦——!!以重力拖下飄浮在大氣層外的太空垃圾，砸向敵人！由於破壞規模過於龐大，被指定為〈禁技〉(Sealed Arts)，戰爭等危急狀況之外禁止使用!!這就是〈夜叉姬〉的殺手鐧，〈霸道天星〉——！！！！我還是第一次親眼見識這一招，這、這玩意真是太危險啦——!!』

主播發出今天最淒厲的慘叫。有必要拿這麼危險的招數對付一個人類？

也難怪他會如此驚恐。

寧音的〈霸道天星〉要是一個閃失，**足以毀滅整個國家**。

並非是對人、對軍隊等級，而是國家級的超級暴力。

招數構造並不複雜，相對的，〈霸道天星〉在諸多伐刀絕技之中，破壞力可說是無可匹敵。

寧音毫不吝嗇地施展壓箱寶。

她已經無法以柔克剛，那就只能徹底打垮敵人。

既然如此，也沒必要留一手。

第一擊就火力全開。

以前〈終末爆擊〉也曾擊碎二十公尺大的〈霸道天星〉。但當時法米利昂軍與奎多蘭軍還在一旁，寧音根本沒拿出實力。這次就不同了。現在在場上搏鬥的選手可沒這麼容易上西天。

所以她才能使出全力，以自己能拉下的最大隕石進行十三連射。

〈夜叉姬〉西京寧音展現自己貨真價實的最強火力，攻向〈沙漠死神〉。

這記〈霸道天星〉就要他的命！

寧音懷抱如此決心。

另一方面——

「咯咯咯……」

無數彗星從天而降。納西姆面對這毀滅性的景象，不但沒有逃跑，反而愉快地露牙嗤笑。

納西姆停留在空中，發光雙手交織在胸前，然後舉向天空。

緊接著，納西姆勉強留有輪廓的雙手逐漸增強亮度。

強烈的能量開始損壞納西姆的身體。手腕龜裂，每當光芒增強一分，裂縫就逐漸爬向全身，光亮洩往四面八方，漆黑詭異的肉體彷彿隨時都可能炸裂。

納西姆卻毫不退縮，持續激發自身靈魂——

「〈化骸塵暴〉——————！！！！」

並在肉體瀕臨瓦解的前一刻，從雙拳釋放積蓄已久的魔力！

金光、黑風相剋形成雙股螺旋，化為巨大龍捲風升向天際。

寧音的〈霸道天星〉，十三顆異星碎塊落在龍捲風上方——

——全被**吞吃殆盡**。

「唔～～～～～！！！」

寧音的〈霸道天星〉接觸〈化骸塵暴〉，瞬間化為粉塵，消失在龍捲風的漩渦之中。

十三顆星辰，無一倖免。雙方甚至不存在些許的拉扯。

〈夜叉姬〉那超乎常人的全力一擊，在真正放棄人性的〈沙漠死神〉面前，竟是如此無力。

龍捲風還不罷休，吞下〈霸道天星〉之後仍不減威力，沙塵大口亟欲捉住浮空的〈夜叉姬〉，朝著夜空爬升而去。

「操他媽的——！！！！」

巨大龍捲風籠罩整片下方，席捲而來。

寧音見自己最強的攻擊完全無效，還來不及平穩心神，被迫應對眼前的危機。〈化骸塵暴〉太過龐大，寧音無處可躲。她在前方合起兩面鐵扇〈嫣紅鳳〉的扇軸，形成蝶狀盾牌。

靈裝是純度最高的魔力結晶。她利用靈裝，不顧一切採取防禦姿態。

下一秒，〈化骸塵暴〉吞沒了寧音。

漆黑與黃金組成的暴風狠狠蹂躪寧音。「乾涸」之力擦過一分就能使整隻手臂化作塵埃，徹底擊碎〈霸道天星〉，現在甚至要抽乾寧音的性命。

寧音極力抵抗。

她將所有力量灌注在〈嫣紅鳳〉中，布下護壁，抵擋〈化骸塵暴〉的干涉。

〈嫣紅鳳〉出現無數裂痕。

皮膚喪失水分，開始剝落，化作塵粉。

喉嚨極為乾渴，兩目昏花。

但是——〈夜叉姬〉撐過了〈化骸塵暴〉。

她保住了一命。如今靈裝龜裂、破損，外型呈現半透明，隨時都有可能消失。皮膚乾裂、面無血色，曾經烏黑滑潤的秀髮面目全非。

然而，現實就是如此殘酷無情。

「────」

寧音身在極高的位置，卻出現一道陰影籠罩住她。

她枯竭無力的雙眸仰望上方。

〈沙漠死神〉現身在上空，正高高舉起光亮的右手。

寧音拚死撐過的〈化骸塵暴〉，僅是**障眼法**。

他乘風逼近寧音之後，使出真正的攻擊────

「〈終末爆擊〉！」

寧音早已筋疲力竭，無計可施。

但她仍然留有鬥志。她以瀕臨崩解的靈裝為盾，接下納西姆的必殺右拳。

她不可能接得住這一拳。

納西姆的拳頭彷彿擊碎玻璃，寧音靈魂的實體〈嫣紅鳳〉隨即粉身碎骨。

寧音的意識一同支離破碎。

納西姆的右拳打碎靈裝之盾，深深捅進寧音平板的胸口。

過於強烈的臂力將寧音小巧輕盈的身軀打向遙遠的地面。

不對，正確來說應該是「砸向地面」。

寧音從高空撞進化作沙漠的路榭爾地表，衝擊頓時掀起整片沙塵。

一時之間塵煙瀰漫，完全覆住下方。

〈沙漠死神〉悠然俯瞰腳下。

『贏不、了啊……』

主播布馬目睹整起戰鬥，濃濃絕望壓上心頭，甚至讓他忘記自己的職責。

他長年擔任A級聯盟比賽主播，見過許許多多的伐刀者，所以他很清楚。

贏不了。

不只是寧音。現在身居此地的所有人——不、甚至投入〈國際魔法騎士聯盟〉的所有戰力，都無法贏過眼前的男人。一個強勁到極點，甚至捨棄人身的男人。

『他是、怪物……啊……』

布馬不知道世界上存在著〈魔人〉。

他只是湊巧吐出了合適的形容詞。

所謂的〈魔人〉，是寄宿非人之魂的人身，介於「人」與「魔」之間。

納西姆卻跨越那條界線。

捨棄人身入魔，成了魔物。

所以他才能徹底掌握非人之魂的力量。

這股人身無法承受的力量，他卻能用得得心應手。

人類本就無力抵抗如此魔物。

——沒錯，只有同為非人的怪物，才能與之抗衡。

「！」

納西姆降落在宛如濃霧的塵埃之中，準備確認敵人生死。

視野逐漸清晰。一道人影踩實雙腳，立於大地之上。

那道人影不是別人，正是——

『是、是〈夜叉姬〉——!!太、太不可思議了！〈夜叉姬〉直接吃下那記可怕的拳頭，居然還站得住————!!』

寧音遭受那決勝一擊，仍然屹立不搖。主播見狀，不由得雀躍三尺。

『妳真是太神啦！大概只有妳贏得過這種怪物了！只要再想想辦法————呃!?』

喜悅頓時轉為寒顫。

空拍機拍下寧音的神情。

她的脣角——正洋溢著令人毛骨悚然的愉悅。

「嗯哼、呵呵呵、咿嘻、啊哈哈哈哈哈哈!!!!」

『夜、〈夜叉姬〉……？』

寧音遭到迎頭痛擊，遍體鱗傷，卻抖著肩膀，開始大笑。

她仰天張口，高亢地咯咯笑著。

她現在很可能隨時都會死於非命，如今卻狂笑不止。

她的精神出問題了？

主播暗自擔心。

靈裝是伐刀者的靈魂。

寧音的靈裝慘遭粉碎，心靈很可能與靈裝一同瓦解。

但是，事實並非如此。

只有一個人，只有與之敵對的〈沙漠死神〉明白這一點。

「很爽快嗎？『使出全力』就是這麼爽快啊！」

〈終末爆擊〉完美命中了敵人。

這一擊足以擊碎人類。

但是她並未瓦解。

換句話說，她不再是人類了。

「妳和我果然是同類……！」

僅是存在、空無做為的人生，沒有任何意義。

空虛地存活，這股無趣令人難耐。

她是個天生的暴力上癮者（Violence Junkie），唯有活在水深火熱的生死夾縫，才能感到滿足。

方才的一擊，徹底打碎「西京寧音」生而為人的自我，從〈夜叉姬〉內心深處的深層意識之中，喚醒那強烈的飢渴。

〈夜叉姬〉早已失去意識。

她的理智無法阻止自己釋放這股渴望。

換言之——〈夜叉姬〉將從這一刻起，正式展現身為〈魔人〉的本領！

「我不懂妳為何要『忍耐』，強迫自己保持『人身』。但妳用不著繼續忍耐。妳卯足全力仍無法戰勝的敵人，現在就站在妳面前啊！」

「嘻嘻、嘻、呃——啊啊啊啊啊啊啊啊啊啊啊啊啊啊！！！！」

下一秒，寧音全身噴發夾雜豔紅的漆黑魔力。

魔力洪流直上雲霄。寧音身處於洪流之中，身體開始產生變化。

她的右肩。超重力魔力編織出手臂，取代失去的右手；

她的雙眸。眼白染得一片汙濁漆黑，虹膜如焰火般燦爛生輝；

她的頭部。一對利角穿破額肉長了出來。

如此妖異的模樣，用「惡鬼」來形容更加貼切——

「來吧……!!」

「啊啊啊啊啊啊啊——————！！！！」

怪物之間正式展開廝殺。

◆◇◆◇◆

寧音握緊超重力凝聚而成的右手，邁步狂奔。

她不做任何虛招，以全身力道毆打納西姆。

納西姆也出招反擊。

激昂的魔力貫注於左手。他彷彿拉弓似地收緊左手，看準寧音衝刺的時機出拳。

兩人同時擊出的左拳與右拳使勁碰撞。

衝擊登時撕裂空氣。

氣流散向四方，在周遭的沙漠上掀起一波波沙浪。

沙浪高達數十公尺。

衝擊力道如此龐大，兩名魔人仍在沙漠中心屹立不搖。

納西姆後腳緊踏地面，絕不後退——再次出拳。

「喝啊啊啊啊！！！」

他的右拳集中寧音的側頭部。

一陣巨響，聲響猶如岩石撞上鐵塊。

換作是變身前的寧音，這一擊就足以使她香消玉殞。

現在的寧音卻不動如山——

「嗯哼……」

她輕笑一聲，滑入右臂下方，鑽進納西姆的胸口，左拳打向破綻百出的側腹。

左拳覆著超重力，直接捅入納西姆的側腹。

寧音再次加壓。

「喝哈！」

納西姆也一樣，文風不動。

他踩在滑溜的沙漠上，身體軸心卻如扎了根的大樹般沉穩。他隨即反擊。

雙手交握搥向寧音的後腦杓。

寧音並未防守，直接命中頭部。

力道直接貫穿腦部，身形搖晃——

「!?」

但她沒有倒地。

寧音趁頭部正要撞地之際，雙膝一彎，踩穩身軀。

她隨即鼓動背肌，挺起上半身，膝蓋卯足全力抬起身體——

「嘻哈!!」

全身奮力一跳，膝蓋由下而上敲中納西姆的下頜。

納西姆向後退了一步。

寧音趁隙立刻送上第二擊。

她維持跳起的姿勢，另一隻腳隨即掃向側頭部。

跳踢順利命中。一時之間，沉重聲響與衝擊波向外飛散。

她的腳被抓住了。

納西姆不畏貫穿腦部的十字衝擊，一把揪住寧音的腳踝——

「喝啊啊啊啊啊啊啊！！！！」

狠狠向下敲。

他使勁將寧音甩向地面。

響亮的碰撞聲聽起來奇硬無比，難以想像地面早已化作沙漠。寧音直接栽進地裡。

納西姆補上一記後跟踢，斷她小命。

後跟眼看就要踢爛寧音的臉。她迅速活用自身的矮小，彎起背部。雙腳膝蓋拉向鼻尖，雙手往地面一推，雙腳踢向巨大腳底。

雙方的四肢再次衝突，頃刻之間轟隆大響。

這次輪到寧音占上風。

納西姆的重心腳連根拔起，身體被踢向上空。

他毫無損傷，但些微滯空時間足夠讓寧音重新撐起身子。

兩人恢復站姿面對面，再次以拳交際。

戰鬥中毫無技巧、計謀，只憑蠻力互毆。

兩名伐刀者化身妖魔之姿，靈魂赤裸裸地互相衝撞，餘波震撼氣流。

主播在最近距離目睹這幅景象，不禁低吼道：

『見鬼了（Fuck）……！我現在到底看到什麼了……!?難不成我不知不覺睡著，作了個怪夢？〈夜叉姬〉繼〈沙漠死神〉之後，也變成了一個怪物……！我都懷疑自己是不是瘋了！』

這股力量究竟是什麼？

寧音的能力並非重力？

他並未認知到〈魔人〉的存在，所以一頭霧水。

身在國內的法米利昂人民隔著螢幕關注這場戰鬥。他們和主播一樣，毫無頭緒。不過——

『不過可以肯定的是，〈沙漠死神〉原本遙遙領先，現在的〈夜叉姬〉卻能和他打得平手……！』

『就是說啊！〈夜叉姬〉剛才被打得那麼慘，還是沒有輸啊！』

『解決那傢伙之後，奎多蘭就剩下那個叫歐爾·格爾的臭小鬼！勝利就在眼前啊！』

『和服大姊姊！加油!!』

人們拚命從遙遠的法米利昂為驟變的寧音打氣。

然而——

「嗯………」

只有席琉斯・法米利昂保持沉默。

他表情嚴峻地凝視魔物間的打鬥，額上冷汗直流。

「爸爸……？怎麼了？你的臉色好難看。」

寧音明明力挽狂瀾，將戰況拉回五五波，席琉斯臉上卻不見喜色。

阿斯特蕾亞不解地詢問。

席琉斯答道：

「孤之前……曾見過老師的那副模樣。」

就在兩人送史黛菈一行人前往愛德貝格之後。

寧音打算一個人在廢墟進行戰前的體能調整。席琉斯提議出借自國的訓練設施，緊接著——

『誰都別靠近妾身。』

寧音說出這句話時，她的表情、聲音，以及……頭部隱約成形的尖角，令席琉斯心驚膽顫。

寧音當時是認真的。

無論是誰靠近，她都可能失手宰了對方。

所以她才出言警告席琉斯。

那股力量是如此可怕。

那存在就是這般懾人。

假設真是如此——

（等到那隻『惡鬼』戰勝〈沙漠死人〉……她是否能控制住自己…………？）

不祥到極點的預兆在心底不斷沸騰。

冷汗始終無法停歇。

踢擊之後，尾巴緊接在後橫掃。

寧音的腹部承受從未體會過的連續攻擊，瞬間向後彈飛。

這對納西姆來說，可是追擊的好機會。

但是寧音不會讓敵人有機可乘。

她以重力強壓下彈飛的身體，甩開天狗木屐，赤裸的五趾隨即蹬地，展開反擊。

她沒有轉攻為守。

強迫自身在危急之際也要接連進攻。

納西姆間接慢了一步，但他選擇截然不同的方式應戰。

「〈沙塵冶金〉——！」

他從腳部施放魔法，侵蝕大地。

以沙中的鐵質鍊成槍陣，從寧音腳底穿刺而出。

寧音來不及逃向空中，地面長出的刀刃森林瞬間吞噬她的身體。

槍陣遍布納西姆前方的整片視野。

密度宛如劍山。

槍陣不僅僅是「貫穿」獵物，甚至會被戳成蜂巢，七零八落。

然而──

「啊哈……！」

寧音滿不在乎，憑蠻力撞倒槍刃，突破整片槍陣。

和服綻裂，赤裸的皮膚不見一絲刀痕。

這就是〈超度覺醒〉的結果。

〈超度覺醒〉會使得身體受非人之魂影響而變質，進而充分發揮野獸之魂的魔力。代價便是喪失人性。

寧音和納西姆現在全身裹上魔力鎧甲，間接攻擊完全無效。

必須直接凝聚超越鎧甲的魔力予以攻擊，才有辦法打穿鎧甲。

如此一來，兩人之間的戰鬥自然會演變成純粹的互毆。

現在也是。

寧音踩倒並衝出槍陣，奔向納西姆跟前。

順勢一拳打向納西姆惡魔般的臉孔。

這一拳，出自於超常質量的魔力編織而成的右手。

納西姆雙手交叉擋下拳頭。

但他並未完全抵消力道，龐大的身體微微一晃。

這點程度無法壓制住納西姆。

寧音跳起，準備毆打納西姆的頭部。納西姆順勢回擊。他的身形不穩，左拳卻依舊迅速。

不過──

「……!?」

左拳精準擊向寧音的臉蛋，此時卻彷彿推布簾似的，輕輕滑開。

──是〈夜叉神樂〉。

當他驚覺，已經慢了一步。

「呃呵!?」

寧音的迴旋踢命中納西姆的側腹。

這一擊還附帶他自己的臂力。

強如納西姆也忍不住彎起身軀。

寧音趁隙追擊，烈拳如雨般落下。

（真行啊……！）

納西姆一退縮，寧音活用輕巧體型，連綿不絕地進攻。

納西姆蜷縮身子防禦，暗自佩服。

現在的寧音的確陷入昏迷。

她方才直接承受〈終末爆擊〉之後，遲遲未恢復意識。

寧音的行動仍舊行雲流水。

她想必經歷無數苦練，將每一個瞬間的最佳行動烙印在每一分血肉、每一粒細胞中。她不像自己長年置身戰場搏命，卻有這番成果，實在了不起。

她的體術在意識不清的狀況下依舊不減威力，再加上〈超度覺醒〉過後，那偏離人道——有如『惡鬼』的魔力。

她的強悍與剛才的她判若兩人。

——即便如此，自己仍然會是最後贏家。

納西姆有十足十的把握。

說到底，〈覺醒〉原本就是一種奇蹟。當自己耗盡「人」的天賦，仍無法超越眼前的命運，卻又無法捨棄自我，這份執著就會成為力量，推動自己跨越極限。

納西姆長久以來，獨自以傭兵身分走遍世界各地，活過無數戰爭。

他毫不猶豫地殺盡一切，哪怕是以前的雇主也不例外。

想當然耳，他沒有夥伴。

不知從何時開始，人們滿懷恐懼地稱他為〈沙漠死神〉，將他視為人形災害。

到了這個地步，更是沒有國家願意雇用他。

中東諸國開始攜手合作，亟欲殺害這個男人。

對他來說，世上的一切全都是敵人。

他眼中的戰爭，也成為抵抗全世界的手段。

納西姆跨越了這種種戰爭，才得以〈覺醒〉。

但是──

（妳遠遠不如我啊……！）

KOK・A級聯盟級別再高，終究是格鬥比賽。從納西姆的角度來看，不過爾爾。

他不知道寧音基於何種理由抵達〈覺醒〉境界。排名在她之上的〈Campione〉如此不中用，寧音的實力想必也高不到哪裡去。

兩人的假想敵等級天差地遠。

〈覺醒〉的成長幅度必然有所差異。

她只有現在這點程度──

「還不夠……！」

納西姆更加激化全身魔力。

裂縫洩漏的黃金光芒變得更是耀眼。

他維持這個狀態解開防禦。

動作顯得悠哉又坦然。

寧音仍舊密集進攻。

拳頭、腳刀、腳跟，嬌小軀體來回旋轉，連續打擊快得讓人喘不過氣。

然而，納西姆卻不動如山。

對方不過是剛踏入〈超度覺醒〉的稚兒。

他隨時都能輕易踢開。

——這女人和自己一樣渴望鮮血。他們無法忍受苟且而活得空虛，期望在業火灼燒般的死亡中釋放自己的極限。

她有資質，剩下就是等她清醒。

「夠了，看著我……！」

納西姆承受寧音的連擊，高舉碩大的右拳。

漆黑旋風與黃金魔力流動組成了雙螺旋，緊緊纏繞在金光閃閃的右手臂上。

〈終末爆擊〉。

納西姆備好最強威力的伐刀絕技，要求寧音。

妳得現在就變強，為了超越我而變強。

不然——

「妳追上我之前就沒命噗——嘎啊——！？！？」

納西姆的話說不到最後。

寧音在他半伸右手之際，以左手輕鬆頂起右手，使〈終末爆擊〉打偏，順勢往納西姆的腹部來一記致命反擊。

「──────!?」

納西姆後退了半分。

原因在於寧音左手的力道奇重無比。

又是〈夜叉神樂〉？

不對，不可能。

〈夜叉神樂〉竊取力道時，被竊者感受不到出招的手感。

但是寧音完成〈超度覺醒〉之後，納西姆只有方才那一擊有穿透而過的感覺。

當時的力道早就灌注在迴旋踢，奉還給納西姆。

──那這股力量究竟是……？

「呵呵、啊哈哈……♪」

「唔！」

寧音不給他思考的時間。

她如女童般瞇起眼，純真地甜笑，再次逼近，意圖追擊後退的納西姆。

納西姆心生詭異，一改方才的鬆懈，轉而反擊。

左拳迅速打向寧音鼻頭，阻止對方衝刺。

寧音停了下來。他一腳踢中寧音的側頭部，身體瞬時旋轉。

妖異尾巴補上最後一擊，掃向側頭部。

他進行一連串打擊擊退寧音，打算爭取時間稍作喘息。

但是——

「什、麼!?」

腳和尾巴反彈的力道極為怪異。

對方一動也不動。

不僅如此，她還反壓了回來。

寧音使勁推回腳和尾巴，反倒是納西姆失去平衡。

寧音的拳雨再次襲來。

納西姆反射性採取守勢抵擋——

『喔喔喔，雙方的抗衡開始有了變化!!優勢倒向變成怪物的〈夜叉姬〉！更快！更多！〈沙漠死神〉完全被壓制住了，無力抵抗！』

寧音不顧對方防禦，憑藉蠻力亂拳毆打。

雙手咯吱作響。寧音的拳腳每每打在雙手上，納西姆全身發出喀喀聲，龜裂處逐漸擴大，漆黑肉片開始脫落。

納西姆吃下無數攻擊，此時終於明白寧音的力量從何而來。

他在尚未〈超度覺醒〉的寧音面前展現過相同的力量。

是魔力。

純魔力強弱之差帶來的暴力，單方面的暴力。

寧音經歷〈超度覺醒〉之後，周身包裹的魔力總量無止盡地上升。

而且早就超過納西姆的魔力量。

她為了超越納西姆才有此進化——答案是否。

假設真是如此，成長速度未免太過快速。

（難不成，她原本就擁有這麼龐大的魔力!?）

只因為她保持人身無法動用？

想法在腦內一閃而過。納西姆隨即嗤之以鼻。

自己與整個世界戰鬥至今，才得以〈覺醒〉。

無論這娘兒們的資質多麼優異，她甘於〈聯盟〉這塊舒適圈，自己的靈魂不可能比她弱。

這個女人〈覺醒〉的契機一定比自己更渺小。

魔力提升的幅度也相對較弱。不會錯的。然而——

寧音的魔力卻不斷提高，納西姆終於無法承受她的毆打——

（妳這娘兒們想超越的對象，究竟是什麼樣的怪物……!?!?）

下一秒，寧音的重拳終於徹底粉碎納西姆的雙手。

「呃啊啊啊啊啊啊啊！？！？」

『打、打碎啦——！〈沙漠死神〉的雙手碎成粉塵啦——！他的骨肉像礦石那樣碎成粉末，還噴出液態黃金般的體液！看來他連體內都變得跟怪物一樣啊！〈夜叉姬〉毫不驚訝，繼續趁勝追擊！』

「呿！」

『〈沙漠死神〉施展連環踢，但是！〈夜叉姬〉一一化解！她不畏反擊，猛攻不斷！猛攻不斷哪——！』

「～～～～！」

『腳刀一劈！她一擊踢碎〈沙漠死神〉膝蓋以下的雙腳！〈沙漠死神〉倒地了！他四肢全斷，但還留有一條尾巴！他身體一旋，尾巴掃向〈夜叉姬〉的側腹——她、她擋住了！〈夜叉姬〉輕易抓住尾鞭！她直接踩住愕然的〈沙漠死神〉——』

「嘎啊啊啊啊啊啊——!!」

『拔、拔下來了——!!她直接扯下了尾巴！發光的體液灑了滿地！〈夜叉姬〉毫不留情！可是別大意！那傢伙全身被大卸八塊，還是能化成沙子重新組成身體啊！』

正如主播的大喊，納西姆隨即試圖重新組成遭粉碎的四肢。

然而——

「————!?」

壓力忽然間從天而降，壓上納西姆，封住了他全身。

是〈地縛陣〉。

歷經〈超度覺醒〉的異常魔力形成重力囹圄，阻止納西姆再生。

肉體遭到重壓，無法順利化為粒子。

（壓、壓力太強，沒辦法重組……！）

「呃哈！」

納西姆沒了手腳，身體宛如毛蟲，趴在地上蠕動。寧音使勁抓住他的肩膀。

接著她將納西姆的身體翻了過來，腳跟狠狠踐踏胸膛。

「啊呃！呃、咿！嗄、住、住手……！咕、哼、咿咿……！」

踏了一次、又一次、一而再再而三地——

〈超度覺醒〉等於是將肉體「入魔」。靈裝即為「魔」之結晶，踏進〈超度覺醒〉境界的伐刀者會與靈裝合而為一，全身化作靈裝。因此，肉體硬度會飛躍性增強為靈裝的硬度。

納西姆的身體應該是無與倫比的堅固，如今卻在短時間內逐漸毀壞。

寧音每一次落下腳跟，裂痕隨之凸起，擠出體液。

納西姆的體液，也就是血與魔力融合而成的半靈體（Ether）混合物濺溼寧音全身。

納西姆面向上方，被束縛在地面上。寧音輕舔飛濺到臉上的體液，接著跨坐在納西姆身上，舌頭緩緩爬過滲出黃金體液的胸膛。

她看起來既恍惚又沉醉於其中。

她吞吐鮮紅舌尖，淫蕩地扭動蛇腰，不斷舔拭納西姆的傷口。

模樣如同貪食腐肉而湧出的蛆蟲——

「嗯哼、哈、啊哈哈哈哈哈哈、哈哈哈哈哈——！！！」

『唔…………』

主播，以及停下聲援的法米利昂國民見到寧音判若兩人的詭異模樣，終於明白了。

那隻惡鬼和他們認識的寧音完全不同。

他們誰也說不出半句話。

只能眼睜睜地看著寧音一邊狂笑，一邊凌虐臉色慘綠的納西姆。

寧音本人亦同。

朦朧的意識從無邊黑暗中逐漸浮起，她在腦海中靜靜凝視自己異樣的姿態。

好熱。

她每揍一拳，腦中便火花四散，脊髓一陣酥麻。

酥麻囤積在下腹，隱隱作痛，令人難耐。

麻癢化作黏滑蜜液，無止盡地湧出。

腦漿融化了似的。

太爽了。

「哈哈哈！哈、啊……嗯嗯——!!」

納西姆的臉孔歪斜扭曲。

夾雜魔力的血液一再噴濺。

雙腿之間能感受到身下人痛苦痙攣。

一切的一切都令寧音的腦髓興奮癲狂，嬌喘連連。

她沉醉於其中。

以自己的力量盡情毀壞他人，這股暴力中的愉悅令她陶醉。

寧音從模糊意識之中凝視著自己……只能苦笑。

……她早就知道了。

她很清楚自己有多麼卑劣。

◆◇◆◇◆

——我們才不屑這種平淡無奇的世界。我們要的是超越極限的生，以及貪圖一切生機，如地獄業火的死！妳體內的『鬼』現在也渴望這生死一瞬間……！

寧音聽納西姆這麼說，當下敷衍帶過，但她心知肚明。

自己和眼前的男人的確是同類。

她就是個暴力上癮者，厭倦虛度光陰，追求快感。

自己無時無刻都渴望揮舞自己的力量。

她心裡有數。

早在那一天——親手打死繼父的那一天開始，這份渴望如影隨形。

那真是爽快極了。

握緊拳頭，全力毆打憎惡的另一個人。

如同敲碎玻璃藝品，輕易打碎頭蓋骨，腦漿四濺。

心中毫無罪惡感。

內心只有舒暢，以及火熱無比的激昂。

欲罷不能。

……自己這種敗類，為何沒有像歐爾．格爾、納西姆那樣墮落成性？

只有一個理由。

她始終追求那個夏天未完的勝負。

她是有生以來第一次品嘗屈辱。一切的努力，只為了將這份恥辱的幾十倍奉還給那女人。

但是——

『對不起。』

她再也無法得償所願。

黑乃引退了，自己順勢排上世界第三。但是KOK裡沒了黑乃，她哪還有半點興趣？

比賽受規則束縛無法發揮全力，這種兒戲激不起她向上的鬥志。

她再繼續逗留下去，只是更加沮喪，無處發洩。

那……乾脆別等了。

自己這種滿是缺陷的人類，原本就過不了像樣的人生。

幸運的是，眼前正好跑出了個敵人，值得讓自己掏盡一切。自己多年前為了與黑乃一戰，毫不猶豫開啟〈覺醒〉之門。這股棄置已久的力量有了宣洩的目標——一個足以取代〈世界時鐘〉瀧澤黑乃的敵人。

那就別忍了。

全都用在這男人身上。

把非人之魂的力量，一切的一切，全都展現出來。

這麼做一定很愉快，愉快得不得了。

西京寧音生而為「人」的部分或許會因此消逝殆盡。

這也無所謂。

因為自己長久以來，始終追求這份足以焚身的滿足……！

——真是如此？

第二十章 難捨的情誼

使勁握拳。

用盡全身力氣，奮力一揮。

打爛鼻子的觸感。

柔軟的嘴唇。

骨頭碎裂時的清脆聲響。

——母親的再婚對象，是個無藥可救的人渣。

不工作、不幫忙做家事，成天飲酒作樂。

幹不了正經工作，在家裡還以一家之主自居，呼風喚雨。

稍有不順就放聲咆哮，酒氣薰天地對家人施暴。

他總是惹哭母親。

寧音也是被害者。每當男人不悅，總會辱罵寧音「只會讓東西浮起來，賺不了半毛錢」，接著動手打人。

不過，這點程度根本打不死人。

這個男人器量小，更沒膽子殺人。

頂多打到瘀血。

寧音是伐刀者，他的拳頭對她不痛不癢。

母親總是忍耐了事，所以她也照辦。

挨打成了家常便飯，天天都會發生，她甚至沒意識到自己在忍耐——

然而……那一天，她餓極了。

她餓得不得了，好不容易才等到了晚餐。

當天的晚餐是漢堡排。

那是寧音最愛的菜餚。

可是她卻吃不到。

因為繼父掀翻了餐桌。他不知道在不滿什麼，或許根本沒有理由，總之就是一如既往地對惹他不悅的事物怒吼。

緊接著他就如同以往，開始對母親施暴。

母親不斷道歉，繼父一味地吼叫。

漢堡排被掀翻在地上。繼父的腳踩扁漢堡排的瞬間，寧音體內湧現一股難以遏止的憤恨。

衝動。

寧音站起身，有生以來第一次全力握拳。

她任憑焦躁驅動身體，刻意用力毆打人類。

拳頭栽進繼父臉內，直接貫穿骨肉，打爛腦袋。

繼父脖子以上血肉模糊，緩緩倒地。

母親放聲尖叫。

自己做了什麼？犯了什麼罪？

她年紀夠大了，明白自己的行為叫做什麼。

殺人。

自己殺了人。

繼父不會再動了。

她犯了貨真價實、無法挽回的罪孽。

這些她都了解。

但是——內心沒有一絲悔悟。

此時，寧音的心頭只有一種情緒。

愉快。

她知曉自己真正的能力——〈重力〉，同時也體會到了。

不需要顧忌他人，盡情宣洩自己的情緒、力量，究竟有多麼爽快。

以自己的力量擊潰眼前令人不快的現實，究竟有多麼痛快。

一旦體會這種快樂，就再也無法忘懷。

話雖如此，寧音深知這種行為不被原諒。

會為母親帶來麻煩。

因此，寧音一開始就強壓下自己的衝動。

她喜歡母親，不想讓她困擾。

然而，在她失手殺人的一年後，發生了一件事。

寧音的母親失蹤了。

自己的孩子殘殺人類，卻不見愧疚，一如往常度日。她無法忍受女兒異於常人的種種態度，終於消失在女兒面前。

同一時間……寧音的緊箍咒也隨之消失。

學校、街道上——甚至是非法地下競技場。

寧音肆意釋放體內汙濁的力量，沉迷於其中。

舉凡她討厭的傢伙、盯上的目標、遠比自己強壯的大人。

寧音的才能從未令她失望。

把人拖倒、壓在地上，盡情傷害對方。讓對方哭喊求饒，凌虐到膩了為止。

她任憑衝動，按照靈魂的渴望，靠自己的力量自由生存。

人們以她放縱享受暴力的模樣，為她起了稱號——〈夜叉姬〉。

當寧音升上中學之時，她在西日本早已臭名昭彰。

她升上中學三年級，準備升學成為〈魔法騎士〉。這一年發生了一起事件，使得寧音的名字終於傳遍全國。

日本全國性暴力集團經營的非法地下競技場。

寧音是隸屬於競技場的鬥士。於是警方破獲整座競技場時，也一同逮捕了她。

從普通傷害罪，進階到勾結反社會勢力的組織犯罪。

寧音兒童時期早已犯下殺人罪，前科累累，警方早就將她列管。〈國際魔法騎士聯盟總部〉為了管理伐刀者，原本極力避免剝奪騎士資格，如今也不得不有所處置。日本開始認真考慮聯盟加盟以來初次剝奪騎士資格。（寧音尚未進入騎士學校，嚴格來說並非『剝奪』，而是『中止學生騎士資格』，但在意義上大同小異。）

就在此時。

寧音沒有目標，周遭更沒有大人為她導正道路，精神無法有所成長，眼看人生一點一滴走向墮落。此時此刻，她終於迎來人生的轉捩點。

這一天，日本警察廳長官日崎來到京都警察醫院。

有人想見見〈夜叉姬〉。

© Wo

這名人物拜訪日崎，提出這個要求。他這次正是為此而來。

不過──

「這、這是……這到底是怎麼回事!?」

日崎被帶到〈夜叉姬〉的病房內，頓時一陣錯愕。

這間病房一點都不像收容受傷罪犯用的場所，反而是招待貴賓用的VIP房。房內約有十坪大，裝潢、擺設之精緻，彷彿來到了金碧輝煌的高級飯店套房。寧音靠坐在單人房的按摩椅上，哼著歌享受指甲彩繪服務。

她怎麼看都不像個受縛的罪犯，反而過得非常舒適。

「署長！這是在幹什麼!?〈夜叉姬〉怎麼會獨占警察醫院的VIP病房，坐在按摩椅上看電視，還一邊做那個什麼……塗指甲啊!?」

「長官，那叫做指甲彩繪。」

「我沒在問這個！給我解釋一下！」

日崎揪著負責帶路的下鴨警察署署長，要求解釋狀況。

禿頭瘦弱的署長一臉為難，正要開口：

「啊、叔叔～我託你買的那個，你買來了嗎？」

寧音出聲喚道。署長從日崎身上移開視線，面向寧音。

「當然買來了。」

他討好似地笑了笑，朝這名比自己女兒幼小的小女孩露出光禿禿的頭頂，鞠躬了好幾次。

「京福堂的金鍔，請用。」

「喔喔，就是這個。說到配茶的點心就會想到這個呢。聽說要一大早去排隊才買得到呢。謝囉！叔叔也吃一個吧？」

「沒關係，我有老毛病，現在禁食甜食啊……哈哈。」

「是喔？太可惜了。要好好保重身體耶。」

「是啊是啊。」

「哈哈哈哈哈。」

「你們在那裡閒話家常個什麼勁——!?」

日崎見兩人聊得開心，忍不住怒吼。

「署長！聽說〈夜叉姬〉被送進警察醫院，現在看她活蹦亂跳的，根本沒受傷！那你還不把她扔進看守所！這小鬼可是日本加盟聯盟後，前所未有的問題兒童！聯盟總部甚至考慮中止她的騎士資格！警方居然以ＶＩＰ待遇招待罪犯，這消息傳出去，警方不就威信掃地了！」

絕不能發生這種事！

日崎氣憤地說。但是——

「即便是警察廳長官親自下令，很遺憾，恕下屬無法從命。」

署長拒絕聽令。

「您的命令等於是叫我們把槍口對準自己的太陽穴，扣扳機自戕。」

「胡說什麼!?」

「長官恐怕大大誤解了。我們怎麼敢逮捕她？**我們京都府警察本來就沒有足夠實力**逮捕、拘留她。我們並沒有逮捕她，而是盡可能地招待，為她準備舒適自在的環境，**請**她駐留在此地。這是我們能盡的最大努力了。」

「說、說什麼窩囊話……！日本多得是比那臭小鬼強的〈魔法騎士〉！〈審判天雷〉海江田、〈劍狼〉木場善一都在啊！」

「您說的是。他們或許有辦法逮住她……但是他們得花幾十分鐘才有辦法抵達現場。這女孩隨時都能在他們抵達之前，徹底毀滅警察醫院附近區域。不……她甚至花不到十分鐘就能辦到。她實際上根本不用那麼久的時間。」

「這話是什麼意思？」

日崎反問。署長聞言，答道：

「我們對外宣稱警察和騎士團聯手破獲整座地下競技場。實際上根本沒這回事。京都府警察什麼也沒做。經營競技場的全國性暴力集團和這女孩起了金錢糾紛，觸怒了她才慘遭覆滅。從監視器錄影來看，整場戰鬥從開始到結束不滿一分鐘。她只花了一分鐘，就把日本最大的全國性暴力集團連同部分街道一起壓扁。我們是在整場衝突結束之後，才逮捕了所有人。那些傢伙全身沒有一根骨頭是完好的，全都被壓碎了。」

「～～～！」

「下屬當然也有身為警察的尊嚴……但性命比尊嚴更重要。請您諒解。」

「……！」

日崎望著署長鐵青的面孔，終於明白了。

他們眼前現在坐著一隻極其凶猛的野獸，必須用鎖鍊束縛、關進牢籠隔離。

署長衡量彼此實力差距，深知自己該選擇何種行動。寧音愉快地朝署長微笑。

她起身來到署長面前，抓住對方的領帶，拉得他彎腰，輕吻臉頰。

「叔叔真是誠實的好孩子。我喜歡你。今晚有空嗎？」

「呃、不、我……」

「有空吧？對不對？」

她不接受拒絕。

女孩瞇起雙瞳，目光宛如利刃。堂堂成人，禿額頭卻湧現汗珠，全身緊繃。

「呃、是……當然、有。」

「那我今晚在這個房間等你囉。」

寧音望著署長順從的模樣，嗜虐地揚起笑容。

不過她神色一變，隨即垮下臉來，看向站在門口的日崎。

「……那邊的叔叔倒是很讓人火大呢。」

「嗄!?」

寧音的雙眸閃過妖異紅光，日崎頓時呻吟出聲。

日崎雙眼凸出，拚命胡亂抓弄自己的脖子。

像是想拉開什麼。

但是他的脖子空無一物。

明明什麼也沒有——日崎的身體卻被拉到半空中。

彷彿有人抓住他的脖子，直接舉了起來。

不對，這句話並非比喻。

寧音的確以重力伸出透明的手，抓住日崎的脖子並舉起身體。

「我說這位叔叔，你很囂張嘛。我最討厭令人火大的傢伙了。尤其是沒能力讓我開心又囂張到不行，我就很想把他砸個稀巴爛——叔叔，我可以把你跟混帳老爹一樣揍成爛泥嗎？」

「呃、咿咿咿咿咿……！」

日崎在工作上見過許多凶惡罪犯。

他很清楚。

這個女孩和那些罪犯擁有相同眼神。

他們缺少人類理應擁有的特質。

因此，她的話絕非威脅。

自己要是答得不好，這女孩肯定會滿懷喜悅地折斷自己的脖子。

日崎一察覺，全身懦弱地顫抖不已——

「救、救救、我……」

鏘——

日崎的身體忽然間失去支撐，摔落地面。

寧音訝異地瞪大雙眼。

剛才聽見了類似收鞘聲的聲響，下一秒，重力形成的透明手臂竟然——

（被砍斷了？）

「齁齁齁，原來啊原來。妳就是傳說中的〈夜叉姬〉呀。」

「——！」

「『夜叉』這名號這麼嚇人，老朽還以為長得跟怪物似的。這小惡鬼比想像中還要凶惡哪。」

日崎倒地猛咳，而他的身後傳來嗓音。

就在敞開的大門外。

一名矮小的光頭老人身穿和式武家禮服，腳踩天狗木屐，柱著拐杖，緩緩從門後走來。

寧音見狀，隨即提高警覺。

「老頭，你這傢伙不簡單啊。報上名來。」

「南鄉寅次郎——可愛的鬼娃兒，老朽給妳帶了個好消息。」

南鄉寅次郎。

寧音認得這名騎士的名字。

他曾在世界大戰中毫髮無傷活到最後一刻，名號〈無缺〉。

唯一贏得中國大陸〈鬥神盃〉的日本劍客。

更被譽為大戰英雄・黑鐵龍馬的勁敵。

行於武道之人聞其名號，必是滿懷敬畏。

寧音卻對他沒有任何尊敬可言。

寧音不尊敬自己以外的任何人。

她不信任他們。

因此，她又靠回按摩椅上，翹起腳，直接瞪向那名坐在客用沙發上的老人。

「所以？你說好消息是什麼？」

「好好好。」南鄉點頭問道：

「老朽在談之前想先確認確認。國際魔法騎士聯盟總部和日本分部正在討論怎麼處置妳，妳聽過這消息？」

「當然，新聞播個不停啊。連續幾天都播同一件新聞，記者可真累呀。不過是地下格鬥，有必要這麼驚訝？反正只有想幹架的傢伙會去那鬼地方，放著不管就好啦。」

「齁齁。老朽同為武人，倒也明白妳的想法。不過地下格鬥是反社會勢力的資金來源，政府、聯盟很難坐視不管。」

知道的話就好談了。南鄉切入主題：

「……妳應該知道，聯盟加盟國的成年伐刀者必須持有『學生騎士』或考取『魔法騎士』執照，才有權生存在國家裡。沒了執照，除了不得使用能力，接下來還得一輩子受人監視。這麼一來，妳想必會過得很拘束。所以，重點來了。老朽現在正在武曲學園擔任戰鬥顧問，就由武曲學園為妳做擔保，並向聯盟總部交涉，暫時維持觀察處分。妳只要在中學畢業之後進入武曲學園，在老朽身邊學習三年；到時候，妳這次犯行就一筆勾銷，還能順利領取〈魔法騎士〉執照。如何？對妳來說並不壞。」

換句話說，南鄉會為寧音日後的行為負責。

他為何要冒這麼大風險？

日崎和署長站在牆邊聽著，內心不解。

寧音知道南鄉的目的。

寧音聽完南鄉的邀約，低喃道：「是這麼回事啊。」

「你是想挖我去參加〈七星劍武祭〉？」

「齁齁齁，妳這娃兒腦筋動得真快。所以，妳怎麼想？這主意不壞呀。」

南鄉不否認企圖，繼續徵詢對方回答。寧音立刻答道：

「老頭，這沒得談啦。」

「齁？」

南鄉的邀約基於一個大前提。

那就是西京寧音想要〈魔法騎士〉資格。

若想以這份天賦過日子，的確需要這份資格。但是——

——一般伐刀者才有這種念頭。

寧音不認為自己會成為他們的一分子。

「而且我根本不屑什麼〈魔法騎士〉。就算沒有執照，還有黑道、恐怖分子願意雇用我，聯盟的待遇根本沒得比啊。」

她沒必要答應南鄉，果斷拒絕了。

而且，寧音非常討厭學校。

老師、同學都害怕、疏遠自己，但他們又不是對自己完全沒興趣，只敢遠遠看著自己說閒話。

他們當真這麼討厭自己，有種就直接當面吐自己口水。但他們沒這膽子，寧音一主動靠過去，每個人馬上開始鞠躬哈腰。

學校裡全都是這種膽小鬼。

煩死人了。

所以，寧音投入地下格鬥的懷抱。

至少那裡比無聊透頂的表面世界刺激多了。

自己就適合活在那種世界裡。

……周遭的人一定希望她這麼做。

就像失蹤的母親一樣。

他們不可能接受自己這種怪物和他們活在同一個世界裡。

這樣就夠了。這決定對雙方都好。

寧音這麼心想——南鄉卻對她說道：

「小丫頭甘願成為那些惡人的棄子？妳還真是選了個空虛的人生。」

「嗄啊？」

「腦袋不靈光，再出色的才能都是糞土。」

這句話可以當作挑釁——不，他確實在挑釁自己。寧音立刻起身。

她來到南鄉面前，一腳踏在南鄉前方的茶几上。

「……老娘看起來像是傻傻給人當棄子的料？老頭，你有本事就來試試看。」

「齁齁齁，最近的小姑娘真可怕。這就是前陣子常聽到的『太妹媽媽』？」

「我哪來的孩子啊！」

寧音憤慨地反駁，自己的年紀看起來像是生過孩子？南鄉則是抖著肩竊笑。

「老朽退出前線很久了，欺負這把老骨頭沒什麼好炫耀。不過這世界比妳所想得還要寬廣、遼闊。日本國內的同齡學生裡頭，有個女孩比妳強上許多……憑妳現在的實力，不過是二流貨色。」

這次輪到寧音不屑地悶笑。

「哼！我還以為你想說什麼，蠢斃了。有人和我同年，而且比我強？我在小學盃幹架的時候，沒一個能打。我不過稍微用點力，一個個就哭著叫媽媽。小學盃都那種貨色，中學盃還能強到哪去？」

「既然如此，何不賭一把？」

「……啊？賭啥？」

寧音一臉古怪地看向南鄉。

這老頭到底想怎麼賭？

南鄉開始說明賭局：

「老朽會幫妳引薦『小姑娘』，妳們就來一場模擬戰……妳輸了，就乖乖就讀武曲，來老朽這裡接受保護管束。」

「我贏了能有什麼好處？」

「老、老朽的身子就隨便妳了♡」

「我宰了你！」

「齁齁齁！開個小玩笑。老朽沒想過哪，乾脆到時候隨妳提要求。」

妳當天之前想好條件便是。

南鄉的語氣……自信得令人滿肚子火。

他壓根沒想過自己會輸。

他的態度淺顯易見。

——令人不爽。

這老頭真是讓她火大極了。

被人小瞧到這個地步，晚上會氣到睡不著。

更何況——

「那我贏了，老頭你就在四條通打赤膊跳舞。不過那個和我差不多年紀的女孩子，我倒是有點興趣。」

雖說這老頭已經老掉牙，擁有〈鬥神〉之名的騎士竟然給一個女孩如此高評價。

或許有幾分可信。

地下競技場裡沒人能和自己匹敵，她早就積了滿肚子焦慮，那女孩或許能讓自己發洩發洩。反正自己也閒得發慌，與其在這裡懶散打混，不如去打一場還比較能消磨時間。

「好啊，地下比賽報銷之後我也沒事幹。」

「那就這麼定了。」

寧音聞言，點了點頭。

「行。那女的聽見〈夜叉姬〉的名號沒嚇得屁滾尿流……就讓我整整她來打發時間。」

這女孩比〈夜叉姬〉更強。

南鄉當天就聯絡上這名人物，她一口答應南鄉的提議。

也就是說，她願意與全日本惡名昭彰的〈夜叉姬〉交手。

於是，寧音在下一個星期前往賭局指定的會場——東京。

兩人進行模擬戰的舞臺——破軍學園。

他們包下東京魔法騎士學校的第三訓練場，進行戰鬥。

現在是早春時節，結業式早已結束，學園內人煙稀少。寧音走過校園，跟隨南鄉來到指定地點。

她在模擬戰用的擂臺上簡單暖身，一邊等候對手到場。

『那就是傳聞中的問題兒童？』

『原來如此，氣質的確凶惡。』

『南鄉大師為何想讓那種臭小鬼進武曲？黑鐵，你知道原因嗎？』

『……沒特別聽說。不過，〈夜叉姬〉的能力的確十分優異，越看越捨不得往外推。實際上就日本分部的立場來說，我非常希望她能洗心革面，成為魔法騎士為國效力。〈鬥神〉願意盡監督之責照顧她，我們也沒道理拒絕。』

『有人被聯盟剝奪騎士資格，可說是國恥。站在政府的角度來說，這選擇的確是首選……』

『那小鬼早在兒童時期，能力尚未發展之前就犯下殺人罪。總有一天會為日本魔法騎士的招牌留下汙點啊。』

『希望她敗在那女孩的手下之後，可以變得稍微老實一點。』

『就是說啊。』

隱約聽見人群在竊竊私語。

有一群西裝筆挺的男人站在遠處，從邊緣注視著擂臺。

他們可說是這個國家的領袖。

也就是肩負國家要職的官員。

聯盟總部已經盯上〈夜叉姬〉，他們也無法忽視這項問題。

不久前遭寧音脅迫的警察廳長官．日崎也出現在人群裡。

（他們還真信任那女生的實力。）

寧音一邊暖身，一邊聆聽諸位紳士的談話，不悅地蹙眉。

他們的對話全建立在寧音敗戰的前提之上。

沒有一個人認為寧音會贏。

「真不爽。」

她不爽到極點了。

無論是男人們的態度，還是爽快答應和自己交手的對手。

他們還真是信心十足。自己很久沒有被這麼瞧不起了。

她到底是什麼來頭？內心的好奇心與焦躁同時膨脹。

於是，那名人物終於抵達現場。

「哦？喔喔！月影！來這兒！在這裡呀！」

一旁的南鄉忽然高喊，揮了揮手。

寧音自然而然望向南鄉看去的方向——

「————」

她不禁屏息。

一名高大精悍的男子領著一名少女走上擂臺，那名少女瞬間擄獲寧音的目光。

豔麗烏黑的長髮隨風輕搖。

雙峰隔著制服仍顯豐滿，玉腿纖長細緻。

深色雙眸直視著自己。

寧音覺得這女孩美極了。

同時——

（就是這傢伙。）

她也肯定。

這女人就是今天的對手。

女孩見〈夜叉姬〉上了擂臺，卻不見一絲退卻，直視著自己登上擂臺。雙方視線交錯，女孩卻筆直前進，不曾移開目光。

這並非人人都能辦到。

（有多久了？）

有多久沒碰過一個人能如此平靜又直率地望著自己？

而且還是這種不知人間疾苦的「大小姐」？對方全身乾乾淨淨，皮膚光滑，一看就知道她是在家庭疼愛中成長茁壯。

（……越來越不爽這小妞了。）

「哎呀，月影，真是不好意思，突然提了個不情之請。老骨頭在這裡先謝過了。」

「真的是很勉強啊，大師。她還沒正式進入破軍學園就讀，突然就要她參加模擬戰……」

「齁齁齁，她自己答應得很乾脆，這不就好了？瀧澤，妳說是不是呀？」

「畢竟是月影老師和南鄉大師的請求，我會盡力的。而且，我太晚發現自己的能力，沒有多少比賽經驗，相信這場模擬戰一定會讓我獲益良多。」

這名發育良好的女孩名為「瀧澤」。她笑容可掬地回答南鄉，再次望向寧音，朝她伸出手。

「我叫做瀧澤黑乃，今年即將進入破軍學園。西京寧音同學，今天還請妳多多指教。」

「…………」

她笑容滿面。

完全不見一絲緊張。

寧音不回應對方的握手——

「我在小學盃、中學盃裡的確沒看過妳。妳剛才說太晚發現能力，大概是什麼時候當上伐刀者？」

「去年春末，所以來不及參加中學盃。」

「原來啊，難怪**妳還搞不懂自己的斤兩**。」

寧音說著，轉過身去，背對黑乃。接著——

「獲益良多，是吧？行，我就當一回前輩，好好教教妳這天真小丫頭。妳等會就知道，自己惹上一個多麼麻煩的傢伙。到時妳想喊停都沒機會。」

她飽含怒火的雙眸回頭瞥過，走向模擬戰的預備位置。

月影獏牙見狀，不禁蹙眉。

「〈夜叉姬〉西京寧音啊，我的教師生涯這麼久，還是第一次見到氛圍如此凶惡的孩子。的確是無法坐視不管。身懷強大力量，心靈卻如此稚嫩……對周遭或是對她自己都只會造成不幸。大師率先挺身而出，想將這女孩導向正途，我同為教育者，實在深感敬佩。」

「鵫鵫鵫，才沒這回事。」

「咦？」

月影見南鄉斬釘截鐵地否認，感到訝異。

南鄉繼續說道：

「老朽沒這麼貼心，也沒有什麼教育者的責任感。老朽只是看了那丫頭發火的影片……想親自培養這份才能。」

並且——

「有個天才也許會在今年的七星劍武祭，將其他選手拋諸腦後，一口氣奪得七星劍武祭史上最強學生騎士的名號——老朽就想**挑戰挑戰**罷了。」

他下垂的眼瞼深處狠瞪著黑乃。

「瀧澤啊，可別手下留情了。鵫鵫鵫。」

南鄉說完，走下擂臺。

月影大口嘆息。

「唉……這位大師真令人傷腦筋。瀧澤同學，不需要太勉強自己。」

「勉強？」

「是。一個大人的確不該放任那個女孩胡來，但那是我們大人的職責。妳還沒成為學生騎士，不需要勉強自己擔下責任。」

「您的好意我心領了。」

黑乃卻認為月影多慮了，因為──

「對方並不需要我多勉強自己。」

「……！」

話中有著無可動搖的自信。

黑乃身為伐刀者的能力是在一年前覺醒，也就是中學二年級的時候。可說是非常晚熟。

因此她來不及登錄小學盃、中學盃聯盟，自然是沒沒無聞。

但自從她展現這份**壓倒性的能力**，始終受到國內要人的注目。

她未來必定會一肩擔起這個國家的未來，人人對她抱以莫大的期望。

這女孩也接受、並扛起如此龐大的期待。

太可靠了。

南鄉似乎相當看重〈夜叉姬〉。

月影親眼見到〈夜叉姬〉，也認為她很強大，是天賦異稟。

但月影仍能肯定黑乃會獲勝。

不，不能用「獲勝」這兩個字。

所謂的勝利，是經過戰鬥獲取的結果。這名詞並不精準。

——因為雙方甚至不會激起任何戰鬥。

（她甚至摸不到瀧澤同學的衣角。）

於是，擂臺上只留下兩名女孩，以及負責監督比賽的裁判。

「現在開始進行模擬戰！本場戰鬥遵照中學聯盟（Senior）官方規則，採十秒倒數、三次有效擊倒制！雙方選手，請以幻想型態顯現靈裝！」

「魅惑眾生吧！〈嫣紅鳳〉！」

「刻印永恆，〈起源父神（Propater）〉、〈思維女神（Ennoia）〉。」

兩名女孩各自顯現靈裝，嫣紅雙扇與黑白雙槍。裁判確認後——

「開始對戰（LET's GO AHEAD）————！！！！」

點燃開戰的火種。

開戰信號一下，寧音隨即壓低身體。

她擺出衝刺姿態，力量瞬間灌注在起步腳上。

對方是個新手，還不熟悉戰鬥。

面對自己當然不會緊張。

簡單說，她還沒真正理解。

周遭的大人現在把自己跟一隻怪物關進同一座牢籠。

也難怪她的態度會這麼溫順。

那群老傢伙對這傢伙信心十足，堅持她會獲勝，代表她確實擁有相應的才能。

但所謂的戰鬥可不像是扮家家酒，一個無法看穿對手實力的傻蛋不可能贏得了寧音。

——我會讓她後悔莫及。

讓她後悔膽敢與自己交手，還敢汙辱自己。

比賽是三次有效擊倒制，多得是時間。

戰鬥採取幻想型態，但痛覺可是貨真價實。

讓她哭著走太便宜她了。自己絕對要讓那張漂亮臉蛋痛哭流涕，揍到她糞尿橫流，好好羞辱她一番……！

「看我開場就痛扁妳!!」

以扭曲漆黑的情感火種，頓時延燒五體。

鐵扇如羽翼般展開，一口氣攻向眼前有勇無謀的敵人。

就在她正要進攻的一剎那。

敵人從寧音眼前消失無蹤。

她甚至沒眨眼。

那抹身影忽然間溜得無影無蹤。

「——咦？」

為什麼？她心生疑問——卻來不及思索。

叩。

寧音後腦杓感受到堅硬的觸感。

寧音飛快轉向身後。

黑乃就站在眼前，白銀槍口指向自己——

轟然三響。

靈體子彈不傷肉體，直接貫穿寧音頭骨。寧音登時倒地。

◆◇◆◇◆

「擊、擊倒!!」

『『唔、喔、喔喔喔——！』』

比試開始隨即出現致命一擊，前來旁觀的眾紳士一片譁然。

『就、就一瞬間。對方根本來不及攻擊，就分出勝負……！』

『這就是掌管時間的因果干涉系能力。之前曾耳聞這能力的厲害之處，沒想到如此一面倒──』

沒錯。干涉時間之力，這就是瀧澤黑乃的能力。

因果干涉系被譽為最強的能力體系，而時間之力的特質在其中又顯得特別強悍、變化多端。

也難怪他們會堅信黑乃取勝。寧音的重力在攻擊面上出類拔萃，黑乃卻是控制整個世界的時間，寧音的能力仍然遜色不少。

黑乃的能力強大，她操縱能力的技巧更值得注目。

「齁哦，了不起。她配合寧音指尖使勁的瞬間，使用〈加速〉加快自己的時間，繞到背後，給了一記毫不留情的偷襲。」

南鄉不由得讚嘆黑乃的本事。

「靈裝顯現之後才不到一年，戰鬥技巧已經像一回事了。月影，你教得真不錯。」

「我只是給了點建議，一切都是她努力的成果。」

月影答道，眩目似地仰望擂臺上的黑乃。

黑乃在中學二年級展現能力後不久，聯盟日本分部破例讓她在破軍學園接受一年左右的實戰訓練課程。

雖說這不太公平，但優秀的伐刀者是國家的資產。

「時間」能力者在全世界都相當稀有，當然會受到特別待遇。

換句話說，瀧澤黑乃是經過國家認可，接受英才教育的超級菁英。

據說訓練過程極為嚴酷，連成人都難以忍受，黑乃卻輕而易舉達成所有訓練。甚至犧牲少女珍貴的青春年華，也毫無怨言。

月影很清楚。這女孩不用旁人提醒，早已充分了解自己的力量，以及隨之而來的「義務」。

有才華、不怕吃苦、負責任。

少了點實戰經驗並不會成為障礙。

只是喜歡大鬧、炫耀力量的人，敵不過這個女孩。

眼前的結果天經地義。正因為如此——

『喂、喂喂！那女孩站起來了！』

「!?」

月影見寧音起身，顯得極為訝異。

「我已經打穿她的頭了……怎麼會？」

「幻想型態的傷害頂多是威力較強的催眠。雖然會實際感覺痛楚、身體缺陷，但一切只是錯覺——有足夠堅強的意志屏除催眠，就能忍過傷害。那丫頭還能打哩。」

南鄉凝視前方。寧音終於抬起膝蓋，撐起身子。

裁判此時已經計時到「8」，她狠瞪裁判。

「不准計時！不然我宰了你！」

「妳還能打？」

「廢話！」

寧音強勢地大吼，卻藏不住瀑布般的汗水與喘息。

畢竟幻想型態不會傷害肉體，痛覺卻是貨真價實。

頭骨聲聲摩擦、意識模糊，頭痛欲裂。

但是──

「原來是操縱時間的能力……！怪不得那群中年大叔會這麼悠哉。」

寧音陷入困境，卻不曾停止思索戰局。

她馬上從狀況判斷出自己受到何種攻擊。

並且看穿黑乃的能力。

黑乃瞪圓雙眼，淡淡一笑。

「是。伐刀絕技〈倍速時間〉(Clock up)，可以將固有時間拉長到世界的一秒以上。現階段加快到十倍就是極限了。不過……雖然只是幻想型態，但是妳都被射穿頭骨還站得起來。妳真厲害。」

「唔……」

對方若無其事地讚美，反而觸怒了寧音。

「不准說得一副高高在上的屌樣！！！」

下一秒，寧音爆發魔力，渾身掀起陣風似的，雙手張開鐵扇奔向黑乃。

她打算拉近距離，採取近身戰。

黑乃完全不奉陪。

她的靈裝是手槍，近身戰沒有半點優勢。

她立刻施展〈倍速時間〉，使寧音的衝刺失效——

「〈十倍速〉(Clock up)……！」

「想得美!!」

「！」

黑乃並未甩開寧音。

寧音隨即往黑乃逃離的方向跳步，絕不放過她。

「她跟得上瀧澤同學的〈十倍速〉!?」

月影震驚不已。「你這就錯了。」南鄉隨即糾正：

「寧音並沒有追上，而是加重擂臺的重力，拖慢瀧澤的速度。一開始雖然吃了一次偷襲，區區十倍速，小丫頭馬上就應付過來了。」

寧音純粹是仰賴豐富的戰鬥經驗(Carrier)。

她在地下競技場經歷無數場比賽。而且一般中學生不可能接觸如此驚險的戰鬥。

她在場上沒遇過能操縱時間的傢伙，但曾經對上不少同等速度的敵人。

因此，她當然有方法應對。

「沒像青蛙一樣壓扁在地上，算妳行！但是看妳慢得跟烏龜有得比，可逃不出老娘的手掌心！」

黑乃因為〈地縛陣〉行動遲緩。寧音在〈嫣紅鳳〉附上超質量重力波，迎頭趕上。

寧音只是胡亂揮舞武器，沒有任何技巧，但是體能與戰鬥直覺彌補了技巧缺陷。

雙鐵扇一邊挖削擂臺，一邊一步步逼近黑乃——

「得手啦！」

終於將她納入致命的攻擊範圍內。

從上而下，一記斜斬！

對方提高到〈十倍速〉，仍迴避不及，良機近在咫尺。

寧音準備將剛才的帳奉還給敵人，全力劈下——

「話雖如此，南鄉大師，不是只有她能拖慢對手速度。」

「〈凍結時間（Clock lock）〉。」

寧音的身體猛然僵住，停在揮下武器的姿勢。

她像是被凍住了，無視慣性法則，一動也不動。

沒錯，黑乃改變能力的操作對象。

她不再操作自己的時間，轉而操作寧音的時間。

黑乃將寧音連同四周時間一同停止，輕退數步。

她拉開十公尺左右的距離，隨即手握黑白雙槍，連續射擊。

左右各十發。總計二十發子彈飛向寧音，停在她前方半空中。

那一處成了正常空間與靜止空間的分界線——

「〈鐘畫(Clock draw)〉！」

黑槍〈起源父神〉射擊第十一發子彈的瞬間——

伴隨著玻璃碎裂的聲響，凍結的時間再次流動——

「嗄——啊、啊啊啊啊啊啊啊啊——！？！？」

滯空的子彈同時貫穿寧音全身。

寧音以為得手的下一秒，彈雨赫然襲來，她防禦不及，直接曝於彈雨之下。

衝擊直接拋飛寧音嬌小的身軀，慘遭第二次擊倒。

「擊倒————!!」

「唔、噫噫咿咿咿……！」

寧音痛得在擂臺石地板上打滾。

（媽的！居然把我跟周遭的時間一起停住了……！還趁我動不了的時候開了好幾槍……！她還能操縱別人的時間啊！）

多麼恐怖的能力。

毫無可乘之機。

寧音身處於劣勢仍能冷靜判斷，反而逼不得已地體悟到絕望。

然而——

（挺有趣的嘛……）

寧音咬牙，猙獰一笑。

靈魂面對從未遭遇的困境，反而更加激昂。

這女人外表就是個千金大小姐。

眾多大人把她捧上天，信任她，面對〈夜叉姬〉也毫不示弱。

更擁有與待遇相襯的強大。

氣死人了。

真是讓人抓狂。

她是自繼父死後，第二個令自己如此惱火的混帳……！

（我絕對要幹掉她——!!）

「嗚啊啊啊啊啊啊啊啊啊啊啊啊——！！！」

她不顧五體痛得抽搐，勉強作動四肢，撐起身體。

寧音咬緊牙根，站了起來。

『她、她又起來了!?真、真行啊……！』

『雖說只是幻想型態，這耐性還真是驚人。』

正常來說，就算維持幻想型態，只要受到致命傷就無法再戰。

即便是中學聯盟所有比賽當中，這種狀況一年都不一定會出現一次。

但寧音遭受足以昏厥的精神傷害，仍然起身再戰，還是兩次。

她的頑強太過罕見，一旁觀戰的大人不由得嘖嘖稱奇。

黑乃同樣感到詫異。

「妳真努力……可是，妳差不多該放棄了。西京同學自己也很清楚，妳的能力贏不了我。沒必要繼續受無謂的皮肉痛。」

「哈、那種、玩具子彈、根本、一點、屁用也沒有！醜八怪！」

寧音滿懷惡意地辱罵，把對方的勸降當作耳邊風，再次攻向黑乃。

寧音這次改採遠距離攻擊。

她揮動〈嫣紅鳳〉，將重力波轉化為新月形超質量能源彈，射向遠處的黑乃。

「喝啊啊啊!!」

「唉……」

黑乃輕嘆，再次定住諸多能源彈、寧音以及四周的時間。

她慢悠悠地在寧音周邊走了一圈，亂數射出子彈。

她在時間的分界線上布下彈幕。

這次子彈數量提高到三倍——總計六十發。

月影身處於正常時間內，凝視這景象，再次體會黑乃的實力有多恐怖。

寧音絕對稱不上弱小。

不、她的實力顯然高於今年的日本中學聯盟冠軍。

她現階段的實力，確實超越了B級騎士。

然而，寧音在黑乃的能力面前，竟然如同單調的工廠作業，被平淡無奇地「解決」了。

雙方完全無法相提並論。

現在也是。

黑乃若無其事布下的彈幕，隨著凍結的時間融解襲向寧音。

接下來就是第三次擊倒。在中學聯盟規則裡屬於因技術擊倒戰敗。

勝負已定。

南鄉認為寧音的潛力足以對付黑乃，但終究——

「咦？」

月影斷定黑乃獲勝，但是在下個瞬間，眼前的景象令他啞口無言。

六十發子彈彈道全數彎向不自然的方向，直接從寧音身旁擦身而過。

「高招啊！小ㄚ頭直接扭曲空間了哪！」

身旁的南鄉高聲讚嘆。月影聞言，這才明白這不可思議的景象出自何種原理。

寧音以重力干涉周遭空間，製作出時空迷宮。

原本直線前進的子彈全數落入迷宮之中，飛進扭曲的時空之間。

（這女孩太驚人了……！）

〈鐘畫〉的缺陷在於武器是手槍，而她針對缺陷化解了攻擊。

寧音明明被逼入死胡同，卻仍然不放棄。

一而再再而三地找出方法，破解黑乃的攻勢。

一點一滴拉近雙方差距。

寧音寧死不屈的頑強令月影深感訝異。

「哈———」

寧音化解了〈鐘畫〉，立刻展開反擊。

必中必殺的〈鐘畫〉居然失準，預料之外的狀況令黑乃雙目圓睜。寧音大步奔向黑乃。

她抵達最近距離。

二蝶翩翩起舞——

「嗄……」

一秒後，子彈蹂躪寧音全身。

「〈鐘畫〉。」

聲音來自於寧音身後。

對方甚至未在寧音的視線範圍留下殘影。

但這也是理所當然。

寧音邁步衝刺的瞬間，黑乃再次凝結她的時間。

並且——

「對方能扭曲空間，那就別創造任何空間……」

南鄉喃喃道。置身於擂臺之外，從正常空間內看完整場戰鬥經過。

為何寧音無法抵擋這次〈鐘畫〉？南鄉的自言自語就是答案。

黑乃讓時間靜止的空間縮減到最小，緊貼著寧音的身體輪廓，從零距離射擊所有子彈。

寧音絞盡腦汁，費盡全力拉近一步。黑乃卻是既華麗又自在地跳向遠方，讓寧音的努力毀於一旦。

（這小姑娘是真正的天才啊。）

戰鬥中的靈光一閃，轉瞬間的想像力。

國家級的英才教育可沒辦法培養這種能力。

她的才能絕無虛假。

南鄉原本以為缺乏實戰經驗的影響會更大，實際上卻不然。

他也得出結論。

現在的寧音無論如何都贏不了黑乃。

（可惜了，看來是到此————）

然而，就在南鄉斷定寧音戰敗的剎那——

噠!!

某處傳來踩實地板的聲響。

南鄉不可置信地望去。只見寧音膝蓋顫抖，仍使勁踩住地面，硬生生撐住即將倒地的身體，堅決不將最後的有效擊倒讓給敵人。

「～～～～～!!喝呃！呼……！哈呃……!!」

『她、她撐住身體了！』

『怎麼可能!?她已經中了幾十發子彈了啊！』

「她承受幾十次致命傷，而且每一次都足以當場昏迷……！究竟是什麼念頭支撐著她，意志力居然如此強悍……!?」

「————」

寧音的難纏近乎執著，連相中她的南鄉都忍不住大吃一驚。

最令人詫異的不是寧音始終不倒，而是她的表情。

（她在笑……）

那表情不是逞強。

寧音面臨這緊要關頭，雙眸的光彩卻更顯燦爛。

「我才、不會輸……！老娘、很強。才不會、輸給……妳這種……全身亮晶晶、乾乾淨淨的大小姐……！」

「不，西京同學會輸。」

「贏了我再來說屁話……!!」

寧音第三度進攻。

但是這次攻勢不如方才犀利。

腳步不穩，腰部鬆散，手臂有氣無力。

精神早已瀕臨極限。

再繼續戰鬥太危險了。

月影下了判斷，對南鄉說道：

「南鄉大師！即便是幻想型態，她再繼續遭受攻擊很可能留下心理創傷！我要中斷對戰！」

「等等。」

南鄉卻制止月影。

「!?為什麼！她現在只是在意氣用事啊！」

「真是如此，那丫頭的表情倒是挺愉快的。」

「咦————!?」

月影聞言，定睛一望，不禁屏息。

他也察覺寧音的笑容。

一個人硬撐著繼續毫無勝算的戰鬥，不會露出這種神情。

為什麼？

（她還打算繼續掙扎……!?）

四周觀眾推測著。

但黑乃不顧他們的臆測——

「〈鐘畫〉。」

最後的〈鐘畫〉貫穿寧音。

子彈數多達兩百發。

黑乃也覺得不耐煩了。

她早知道自己會取勝，卻遲遲無法決出勝負。

只要意志力夠堅定，就能忍耐幻想型態下的攻擊。

黑乃當然知道這一點，然而再怎麼忍也有個極限。

這一擊應該能為戰鬥畫下句點。

她心想，看向寧音——

「呃、哈！」

「咦？」

下一秒，黑乃感受到一股寒意，彷彿全身血液變成冰水。

寧音痛得嘔吐，而她腳下的物體讓黑乃心驚膽顫。

她——吐出大量血液。

（怎麼會……我的確是保持幻想型態攻擊——）

「唔！」

黑乃腦內一片混亂，但她隨即拋開思緒。

現在沒時間思考原因。

自己的攻擊毫不留情。

假如自己失手，不小心發射真實的子彈，可能會危及寧音的性命。

「妳、妳沒事吧!!」

黑乃內心一急，趕緊奔向寧音。

——她沒有任何戒心，毫無防備地跑去。

「呃、嗚!?」

緊接著，黑乃的意識忽然一陣閃爍。

寧音原本低垂的頭部猛然抬起，由下而上，一頭撞上黑乃的臉部。

「呃、嗚!?」

寧音的後腦杓狠狠頂向黑乃的下巴。

自對戰開始以來，寧音的攻擊第一次觸及黑乃。

強烈打擊命中下頷，黑乃的膝蓋一晃。

寧音絕不會錯過這決定性的一刻。

「啊啊啊啊啊啊啊啊啊啊啊啊啊啊啊!!!!」

亂舞。

鐵扇附上超質量魔力，使勁敲上傻站在原地的黑乃。

連續猛攻。

寧音捨棄呼吸的空檔，耗上所有體力瘋狂毆打黑乃。

黑乃已經腦震盪，更是無法抵禦這陣攻勢。

她被打得向後一癱，直接倒地。

有效擊倒。

裁判宣布道。

——寧音卻沒有停止攻擊。

她撲上前，狠踩黑乃腹部。

並且跨坐黑乃身上，用闔上的〈嫣紅鳳〉傘軸狠敲黑乃的臉蛋。

一次、一次、又一次。

超質量魔力的一擊灌入黑乃的頭骨，敲向下方的擂臺。

衝擊砸得擂臺不斷凹陷，終於破碎。

裂痕逐漸擴散到整面擂臺——

「哈哈哈哈！去死！給我去死————！呀哈哈哈!!」

「不好，她情緒激動，聽不進宣判！裁判，快拉開她!!」

「擊、擊倒！西京，已經擊倒了!!快放開對手！」

裁判見寧音坐在黑乃身上不斷痛毆，趕緊拉開寧音。

寧音這才冷靜下來。

現在這場戰鬥不在地下競技場，而是遵照中學聯盟的規則。她回想起這一點，才放手不再追打。接著——

「咊！」

裁判奔向黑乃身旁確認傷勢。她在一旁則是吐出混了鮮血的物體。

那是兩公分左右的肉片。

肉片形狀特殊，從遠處也認得出來。

沒錯，那是寧音的舌頭。

『她、她咬斷自己的舌頭，誘使對手露出破綻……！』

『她竟然如此執著這場勝負……！』

『幻想型態的模擬戰沒必要做到這種地步啊……！』

「嘻……嘻嘻！」

究竟是什麼，讓她如此不擇手段。

是什麼讓她如此扭曲？

觀眾無法理解寧音的心理，心中的不解化成恐懼，人人臉色慘綠。

寧音俯視著深陷地面的黑乃，喉頭陣陣抽動，不顧口中血流如注，得意地放聲大笑。

「呀哈哈哈哈！活該啦，傻蛋！真爽！說什麼放棄！沒必要！妳光在裝一副屌樣說些屁話，渾身破綻，才會有這種下場啦!!呀哈哈哈哈!!」

「原來如此，妳說得對。」

「嗄？」

寧音口齒不清的大笑持續不久。

黑乃的身影不知何時從眼前消失——

「——————！？！？」

一道堅硬衝擊狠敲寧音的後腦杓。

在後面？寧音回頭一看，卻空無一人，細小衝擊從右方穿腹而過。

槍擊。

寧音向後退，同時朝敵人的方向揮動鐵扇。然而——

這次在左邊，攻向側腹。接著是右邊，側頭部。膝蓋、頭部、打擊、槍擊、腳踢、槍擊——

「唔、～～～！」

她不見黑乃的身影，暴力卻如狂風暴雨般驟然落下。

〈顛峰一刻（Rush Hour）〉。

這是結合〈凍結時間〉與〈倍速時間〉的連續技。

兩者即使獨立使用也綽綽有餘。同時使用兩種伐刀絕技，大幅拉大雙方時間差，並且從四面八方接連進攻，物理上完全無法應付。

寧音甚至摸不清對方如何攻擊自己。

她什麼也看不到。

她不斷遭子彈射穿軀體、槍柄毆打、腳踢，數次失去意識。

痛覺每每喚醒了她，又被凌虐至昏迷為止。

她究竟被摧殘了多久？

世界僅僅度過數秒，寧音卻彷彿過了幾個小時——

「啊嘎!?」

寧音昏迷了數十次之後，頭髮忽然被人揪起，痛覺以及口中被塞進異物的觸感喚醒了她。

異物又冷又硬。這是黑乃的靈裝，白銀手槍〈思維女神〉。

「我學到了。心軟不想傷害對方，反而有人會得意忘形。換成真槍實彈的時候，若是對上這種不明事理的對手，必須徹底拋開所有憐憫。」

黑乃抓住寧音的頭髮，不讓身體倒地，愛槍塞進對方口中。

她的語氣不變，表情卻判若兩人。

怒目橫眉，雙眼滿載厭惡與憤怒，咬牙切齒。

直到這個瞬間，黑乃才終於和寧音一樣，對對手感到「惱火」——

——並將眼前的她視為敵人。

於是——

「去死吧。」

「————————————」

槍聲連響。

黑乃無情地扣下〈思維女神〉的扳機。

衝擊從口中一路貫穿下體，寧音身體猛地痙攣。

身體抽搐了片刻後，癱軟鬆弛。

下體流出小便，沿著腳趾尖滴落擂臺。

寧音的慘狀令黑乃越發厭惡，拋開寧音的頭髮。

她並未抵抗。

寧音的身體彷彿成了「物體」，無力地倒地，第三次遭到擊倒。

同時，這場戰鬥確定由黑乃取勝。

在那之後——

西京寧音醒來時已經接近日落，她昏迷了整整半天。

「…………………啊。」

眼前一片朦朧。寧音望向四周，這才明白，自己被人搬到類似保健室的房間，放在病床上。

並且，她也明白那場勝負的結果。

「……我、輸了啊……………」

她感覺不太真實。

畢竟自己從來沒敗給別人。

不過，有一個景象深刻烙印在記憶裡。

黑乃在最後的最後表露的神情。

那是鮮明的敵意。

而且是從那一刻開始。

黑乃從那一刻，才真正懷抱敵意與自己爭鬥。

也就是說，她之前完全不把自己當成敵人，輕鬆地玩弄在手掌心。

「嘖……！」

寧音咬牙切齒，齒列甚至磨出了聲響。

就在此時。

病房外傳來對話聲。

是兩名男人的聲音。

一個是把寧音帶來這裡的老人——南鄉寅次郎。

自己聽過另一個人的聲音，是在自己與黑乃開打前不久。

那是月影，帶著黑乃前來的男人。

『那麼，南鄉大師。我今天就先告辭了，之後就……』

『知道，就交給老朽處理。老朽會負責把那丫頭押回京都。你放心，她沒機會跑去暗殺的。假如她真有辦法溜走，搞不好復仇不成，反被那位才女打得落花流水哪。鉤鉤鉤。』

『…………』

『嗯？怎麼了？』

南鄉見月影忽然沉默，疑惑問道。

月影聞言，隔了一會兒才回答：

『我必須向那女孩道歉。說實話……我聽見南鄉大師想培育她，讓她挑戰瀧澤同學，當下其實暗自覺得太荒唐了。瀧澤同學今天不可能戰敗。不，別說是戰敗，那孩子到比試結束為止都不可能碰得著瀧澤同學。』

『也難怪你會這麼想。操縱時間的能力就是如此遙不可及，她實際上也輸得一敗塗地呀。』

『但是，她碰著了。』

『────』

『操縱時間，這能力強得無與倫比。不才如我，完全不知該如何攻克，甚至覺得挑戰這能力很傻。這股力量就是擁有絕對優勢。實際上，那女孩在這能力面前也是任她宰割。雙方實力差距顯而易見，完全無力取勝。但是……那女孩沒有放棄。她傷得體無完膚，實力與敵人天差地遠，她仍會極力思考自己能用的手段，盡其所能窮追不捨，終於奪得一次擊倒。那女孩非常出色……也許遠遠超過我的想像。』

窗戶另一頭出現疑似月影的剪影。他說完，緩緩垂首。

『南鄉大師，那孩子就拜託您了。這國家恐怕只有大師一個人，有辦法駕馭那狂野的孩子。』

『鮈鮈鮈，老朽就是為此才設下這場賭局。瀧澤幫了大忙啊。就麻煩你代為轉達謝意──還有，讓她把脖子洗乾淨等著啊。』

『我會轉達的。告辭了。』

鞋跟敲打油氈地面的聲響逐漸遠去。

不久後，矮小的禿頭老人——南鄉打開房門，走進病房。

寧音已經撐起上半身，坐在病床上。南鄉見狀——

「嗯？妳醒了呀？」

他說完——揚起笑，不、是「邪邪一笑」，臉上的皺紋擠得無比深邃，笑得非常不懷好意。

「哎呀，妳還真是輸得慘兮兮！對方經驗少，老朽還以為妳能拚得久一些，結果根本行不通呀！還搞了個骯髒賤招，難看啊難看！齁齁齁！敗家犬、漏尿小鬼～」

「～～～～！閉嘴，章魚老頭！去死啦！」

「哦！呦！齁齁！」

寧音抓起枕頭、花瓶、溫度計——等等四周的物品，接連扔去。

想當然耳，完全打不中。

南鄉靈活地閃過攻擊，行動完全不像老人。

「唔唔唔，跑來跑去的！你這老頭其實不是章魚，是潑猴吧？怎麼閃這麼快？」

「吱吱吱。」

「我、我要宰了你……！」

「很氣惱吧？」

「廢話！」

寧音大吼。南鄉說：

「不是對老朽，是那姑娘——瀧澤黑乃。」

「嗄？」

「妳自己最清楚了。那姑娘從一開始到最後一刻都留了一手。而且她不是因為惡意，**而是顧慮到妳才手下留情**。妳拿她沒辦法，雖然努力逼她認真，最後卻連站都站不住……妳等於是從頭到尾被人耍著玩。是不是很火大？」

「唔、這個……」

當然火大。

寧音下意識想這麼回答，不過——

「妳又生氣、又火大、很不甘心、很嫉妒——**卻很愉快**，是吧？」

「!!」

寧音聞言，心臟忽然撲通一聲，一時喘不過氣。

愉快。

這股情緒與不服氣、屈辱大不相同。

她卻……無法否定南鄉。

「任何事都隨心所欲，花不到一半心力就能任意妄為。這種事簡直無聊透頂。為了讓惱火的對手臣服，拚了命，盡自己所能，追逐又追逐，親手掐住對手，將他踐踏在地上……這可有趣極了……！」

南鄉的表情令寧音一陣毛骨悚然。

至今嬉鬧的氣息不翼而飛。

他猙獰地露齒笑著，下垂厚重的眼瞼只留下細線般的縫隙，縫中的光彩卻極其野蠻。寧音在非法地下競技場內從未目睹如此凶狠的眼神。

這股野心猶如利刃，彷彿隨時能將旁人千刀萬剮。

寧音不由得嘴角抽搐：

「老頭……教育者可以擺出那種狠樣啊……！」

「齁齁齁！老朽和妳都不是什麼正經人。聽到有人說什麼辦不到、行不通、理所當然，就想冷哼一聲，直接扭轉局勢給對方瞧瞧。老朽從以前到現在就是這副脾氣。」

南鄉抖著肩頭笑道，接著走向寧音身旁——他問道：

「〈夜叉姬〉呀，先不管賭局，老朽就問問妳。那名天才擁有最強的能力，人人都認為她能百戰百勝。妳想不想和老朽合作——**和那名常勝天才打上一架**？一定有趣極了。」

「————哈。」

——根本用不著問。

她有生以來第一次如此惱火。

第一次……遇見這樣令她惱火又快樂的事。

所以——

「可以，這場架我打定了。」

寧音毫不猶豫答應南鄉。

「包在我身上。我不會讓她再這麼看扁我。下次就輪到老娘掐著那裝模作樣的女人，痛宰她一頓，然後從高處鄙視她……！」

盡自己所能，用所有力量、潛力衝撞對方。

因為這麼做，絕對會很有趣。

——自己下定決心的這一天，如今仍記憶猶新。

寧音拚了命努力修練，只為了把當時嘗到的屈辱奉還給對方。

她每天都過得極為刻苦，卻十分愉快。

至今為止，她每一天都過得自由自在，拿著半吊子的能力任意妄為。現在卻覺得這段日子無趣到極點。

她捨棄思索青春的空檔，接受極其嚴苛的特訓。這一切都逐漸為寧音增添新的血肉。

寧音至今沒受過像樣的教育，但她天生具備優秀的戰鬥直覺，讓她如海綿一般吸收劍術，包括南鄉的〈劍曲〉，昇華成更適合自己的舞蹈。

魔法增加攻擊以外的功用，技巧更上一層樓。

於是，她終於迎來再戰的機會。

等到自己能與黑乃平起平坐，甚至看見她拚死拚活，對自己窮追不捨，自己的努力就有了回饋。每當她這麼一想，再辛苦也甘之如飴。

因為她知道，黑乃在那瞬間一定也對她非常氣惱。

只要自己能擊潰那個惱人的女人，再多犧牲都無所謂。

寧音始終這麼認為。

然而——

『對不起。』

寧音誤會了。

黑乃拋開與寧音一決勝負，選擇成為一個女人、一個母親。

她做出選擇，從寧音面前瀟灑離去。

那場勝負再也不會來臨。

——那放棄了又何妨？

自己被甩了。

黑乃認為她和自己的死鬥，比不上那個臭男人。

自己再繼續流連於A級聯盟，她也不會回來。

如今，自己眼前出現了一個敵人，值得揮下高舉已久的拳頭。

這個對手能夠取代黑乃，讓自己發揮全力。

〈沙漠死神〉納西姆．薩利姆。

這個敵人能讓自己再次品嘗那年夏天的悸動。自己能夠卯足一切舞動於生死一瞬間。

那自己何必繼續執著於黑乃？

對眼前的敵人放縱一切，盡情衝撞。

掏盡自己為了戰勝黑乃，所鍛鍊的所有成果。

讓失去目標、體內壓抑已久的激昂能量全都釋放出來。

——這麼做絕對愉快極了。

即便自己再也無法恢復成**現在的西京寧音**，那也無所謂。

「假如真能這麼欺騙自己，那有多輕鬆啊。」

「────」

粉脣悄聲呢喃。

聲音聽起來略帶喜悅。

寧音呢喃之後，隨即從納西姆身上退開。

『咦咦!?這是怎麼了!?〈夜叉姬〉原本坐在〈沙漠死神〉身上窮追猛打，現在忽然放棄攻擊，從〈沙漠死神〉身上退開了!?明明能一鼓作氣解決敵人，她為什麼放過對手!?』

「哈啊………妳打什麼、鬼主意?」

納西姆氣喘吁吁，艱難地挺起上半身。

漆黑妖異的肉體受到多次超重力打擊，處處龜裂，滲出夾雜魔力的黃金血液。剛才那陣毆打再多持續一會兒，恐怕身體會連同靈魂一同粉碎。

但寧音並沒有繼續動手。

納西姆內心的疑惑大於慶幸，眼窩噴發的焰火變得虛弱。他面向寧音，問道。

寧音聳了聳肩，回答：

「沒辦法，妾身對你提不起勁啊。」

「什、麼……?」

「因為你根本惹不火妾身。」

「惹、火……？」

「你剛才說過，妾身和你是同類。妾身也這麼認為呢。你最喜歡用自己超乎想像的『力量』誇耀自我，就是個暴力上癮分子。妾身的本質和你一樣，不適合生存於社會。所以你才不合妾身胃口呀。畢竟妾身已經**深深體會過，這種人有多無聊**。」

納西姆就是遇見黑乃之前的自己。

沒有目標，只知道四處鬧事，過著空虛無趣的人生。

自己不會氣惱，只會憐憫他。

根本提不起勁。

「妾身想全力痛宰的傢伙可沒你這麼無聊。妾身拚盡一切，想勝過的那個人……從頭到尾，就只有小黑一個人。」

寧音現在仍然無法忘懷自己與她邂逅當下的心情。

她的俏鼻令人生氣。

她捲翹漂亮的睫毛令人生氣。

她又黑又亮麗的長髮令人生氣。

她發育良好的巨乳令人生氣。

她滑嫩的雙手、乾淨的指甲，感覺十分受人疼愛，令人生氣。

她偏高的身高令人生氣。

她精明地找了個聰明的男朋友，令人生氣。

她驕傲，能理所當然地接受他人的信賴，令人生氣。

她又擁有足以受人信賴的實力，令人生氣。

尤其是她憑自己的意志選擇該走的道路，堂堂正正地活著，這點最令人生氣。

真是氣死人了。

令她火大——也令她憧憬。

正因為憧憬，才更想贏過她……！

「大叔，妾身得感謝你呢。託你的福，妾身終於搞清楚了。無論妾身再怎麼自欺欺人，再想妥協，再怎麼等到天荒地老，妾身終究無法捨棄自己的憧憬。」

純粹釋放力量肆意破壞，已經滿足不了自己。

自己只想要和那女人一決勝負。

任何妥協和欺瞞都騙不了自己。

那自己只該做一件事。

她心知肚明。

甚至覺得不可思議，為什麼自己到現在才發現。

自己再也無法和她一決勝負？當然可以。

回想那場模擬戰的最後一刻，黑乃露出了什麼表情。

回想她在七星劍武祭時的表情。

那才是她的本性。

愛裝模作樣又容易發火，還極度不服輸，一旦惹火她，就一發不可收拾。

那傢伙的丈夫也從未察覺，只有自己知道黑乃真正的模樣。

——那就讓她坐立難安好了。

就如同當時的自己。

自己要變得比她更加強大——

變得比她更加美麗——

變得更加儀態瀟灑，讓她羨慕——

「這次輪到妾身成為她的憧憬了……!!」

緊接著，寧音額上的雙角啪唧一聲，應聲粉碎。

『啊啊啊！〈夜叉姬〉的角碎了。不！不只是角！漆黑力場構成的右手散去，眼睛也恢復原狀……！彷彿整個人被淨化了似的……！』

隨著雙角碎裂，寧音恢復到〈超度覺醒〉之前的容貌。只有〈超度覺醒〉後的非人肉體才能操控龐大魔力，如今魔力失去控制，紛紛消散。戰鬥力大幅度下降。

寧音並非刻意造成這些現象，而是自我將肉體拖回「人」的領域，進而變化。

寧音認為這就夠了。

她踏入一次〈超度覺醒〉之後，才能明白。

〈超度覺醒〉中感受足以灼燒腦髓的興奮。

那和毒品沒兩樣。

當真將自我交給那股激昂，恐怕會燒卻理智、毀壞自我，化身為野獸，從此只會追求暴力的愉悅。

那股毫無節制的力量一旦失控，便會陷入瘋狂，無窮無盡追求破壞。至死方休。

就如同眼前的男人。

他並沒有操控力量，而是迷失在力量之中。

（怎麼能讓小黑見到這副糗樣……！）

真讓黑乃見到這模樣，別說是憧憬，她只會心生無奈。

這可不成。

那自己該怎麼做？

她還想不到具體方法。

但是方向已定。

首先——

© W

就先解決眼前這個沉迷於力量的傻蛋……！

「來吧，魅惑眾生！〈嫣紅鳳〉!!」

獨留的左臂伸向前方，呼喚曾經毀壞的靈魂之名。

她的靈魂回應了呼喚，化作單面鐵扇顯現於手。

寧音舉起閃爍不清的靈裝，再次面對納西姆。

〈沙漠死神〉見狀——

「……哼哼、哈哈哈哈哈！」

高聲嘲笑。

「蠢女人……！就這麼投身於『力量』，或許還贏得了我，居然主動放棄千載難逢的機會，愚蠢!!我太失望了，〈夜叉姬〉……！沒想到妳和〈海王〉一樣，甘願止步於『人類』……!!」

納西姆口吐金焰般的魔力光芒，緩緩站起身。

他順利站了起來。

方才明明無法動彈。

〈超度覺醒〉解除後，寧音的〈地縛陣〉大幅弱化，無力繼續將他束縛在地面。

沒了那股沉重壓力，他現在輕易就能將肉體變為塵埃。

納西姆譏笑著寧音，同時將肉體轉為沙塵重組，治療肉體。

寧音沒有阻擾他。

不，她是無力阻擾。

她現在的戰鬥能力還原到〈超度覺醒〉之前了。

納西姆治療完全身之後——

（太驚險了……）

內心深深鬆了口氣。

他並不如表面上這般悠哉。

他是第一次明確感受到自身的「死亡」。

恐懼令他渾身冰冷。

至今走過的任何戰場，都不曾體會這份恐懼。

畢竟他有自信，無論遭遇何種險境都能化險為夷，事實上也如他所想。

但是剛才的他當真手足無措。

他無計可施，只能眼睜睜被拖進死亡深淵。

當時他才察覺。

什麼生的極限、什麼如業火般吞吃性命的死亡，根本不存在。

死亡是寒冷如冰雪，比無月之夜更昏暗。

自己居然傻到追求這種事物。

光是回想，就令他心有餘悸。

他不想再次體會那種可怕。

（不過，老子不需要害怕了……！）

寧音捨棄了〈超度覺醒〉。

納西姆不知道她為什麼放棄力量。總之寧音的肉體已經恢復成人，只能半吊子操控非人之魂。〈地縛陣〉的力量變弱就是鐵證。

現在的寧音一點也不可怕。

納西姆恢復之後，漆黑右手握緊拳頭，散發出如烙鐵般的強光——

「沒興致了，我現在就結束這場無聊的、唔——!?」

寧音高舉左臂，單扇向天。而納西姆正要進攻。

準備以〈超度覺醒〉後天差地遠的壓倒性魔力徹底擊敗對手。

他是這麼打算的。

然而，他的腳卻無法向前一步。

（那眼神、到底是……！）

寧音的眼神釘住了他的雙腳。

寧音比任何人都清楚，自己的力量減弱了。

也明白眼前的局面趨近於絕望。

但是她雙眸中的光彩並未因放棄而黯淡，反而比之前更加燦爛奪目。

意志之光閃耀旺盛。

脣角緩緩上揚，堅定的心靈呈現在臉上。

〈夜叉姬〉仍未放棄與眼前的敵人爭鬥。

但是——她能做什麼？

她還有什麼計策可行？

不可能。

納西姆斷定。

〈夜叉姬〉恢復人身，〈沙漠死神〉還處於〈超度覺醒〉狀態。前不久的戰鬥已經證明雙方力量差距有多大。

寧音的所有攻擊，甚至無法在納西姆身上留下一絲擦傷。

現在的寧音比方才更加疲憊。

右臂遭斷，靈裝更是虛弱地一亮一滅，感覺隨時都會消散。

她恐怕連一個閃身都無法做到——……

「……！」

納西姆面對一個半死不活的女人，全身顫抖不已。

他憶起那份恐懼，自己方才被一面倒推向死亡深淵。

這只是錯覺。

無論她的靈魂多麼強大，人身能動用的魔力仍舊有限。這一點是絕對不會錯。

寧音無法逆轉眼前的險境。

絕對不可能。

自己只是因為第一次體會死亡真正的可怕之處，才過度害怕她。

〈地縛陣〉已經沒有能力束縛自己。

〈夜叉神樂〉所需的體力也耗盡了。

〈空間彎曲〉或許還能迴避攻擊，但自己只要多加注意，就能憑蠻力化解。

——寧音已經黔驢技窮，退無可退。

下一擊，自己就能以右拳一記〈終末爆擊〉，贏得這場勝利。

這個結果已經無法動搖了。納西姆不斷催眠自己——

「喔喔喔喔喔喔喔喔喔喔喔喔——————！！！」

長嚎一聲，喝令自己退縮膽顫的身軀。

迷惘如蜈蚣般緊纏心靈。他盡其所能思索寧音的反擊手段，並在想像中一一擊退，強行甩開心中的遲疑。

於是，納西姆邁步奔跑。

右拳裹上黑金旋風，高舉過天。

這股力量對半死不活的寧音來說，恐怕輕輕掠過就能將之化為飛灰。

他採取最短距離，奔向寧音。

「給我下地獄去吧————————！！！！」

他的攻擊——過於魯莽。

但這是必然。

他的攻勢乍看之下勇猛直前，實則不然。

他按捺不住自己，不想再與寧音對峙一分一秒。只想盡快逃離，結果卻過於躁進。

〈夜叉姬〉西京寧音面對這莽撞的進攻——施展最後的攻勢。

「嗚哦!?」

〈終末爆擊〉釋放的瞬間，納西姆的身體大大地「偏移」。

不是偏向左右。

而是直接往前倒去，重心不穩。

納西姆隨即察覺原因。

（這娘兒們**減輕重力**了！）

沒錯。寧音的能力是操縱重力。

既能加重，**自然也能減輕**。

對敵使用能力時前者比較有效，所以前者用法比重較重。這次卻反倒在納西姆的思緒上留下死角。

納西姆的身體赫然一輕，隨即被右拳的臂力拉著走。

寧音即便遍體鱗傷，還是躲得過準心亂散的一擊。

她輕而易舉閃過〈終末爆擊〉，鑽進納西姆的胸懷。

接著，她面露淡笑，以闔起的〈嫣紅鳳〉扇尖施展刺擊。

「————！」

完全中計了。

他徹底中了寧音的圈套。

〈夜叉姬〉是為了這一擊設下陷阱。

納西姆頓時全身緊繃。

究竟會是什麼招數？

自己的身體失去平衡，迴避不及。

只能硬生生吃下這一擊。

體無完膚的寧音眼中，藏有明確的信心，代表她對這一擊十分有把握。

寧音方才深植納西姆心中的死亡恐懼再度甦醒。

（不可能、不可能啊啊啊啊啊————！！！）

納西姆拚死否定，試圖阻卻噴湧而出的恐懼。

寧音主動捨棄〈超度覺醒〉的力量。

那麼她不可能還有辦法危及自己的性命。

這不是心靈問題，重點在外在的體能。

單憑意志怎麼可能解決這個缺陷？絕對不可能。

照理說、絕對不可能——

他的念頭接近祈求。

但現實對納西姆的祈禱極其殘忍，寧音的扇尖刺向他的側腹——

「嗄……？」

僅止於此。

〈嫣紅鳳〉的扇尖刺不進納西姆變質的肉體，甚至傷不了那帶有漆黑光澤的肌肉纖維，僅是輕輕撫過表面。

接著——

「呃喝！嘎哈！咳呵！」

下一秒，寧音劇烈咳嗽，不支跪地。

口中滴落深黑血液。

納西姆造成的損傷，〈超度覺醒〉帶來的負擔。

寧音的身體早已超過極限。

她不只雙膝著地，雙手撐住地面，痛苦不已。

納西姆見狀——

「──呵、呵哈哈、哈哈、哈哈!!」

方才支配他心靈的恐懼徹底煙消雲散。

（害我虛驚一場……！）

是，寧音的才能貨真價實。

而且這份暴力的才能遠在自己之上。

寧音若是繼續維持〈超度覺醒〉，自己早已命喪黃泉。

但是她卻不願委身於自己的才能。

她無法捨棄人身，取得力量。

僅是如此。

這娘兒們就這點程度。

自己何必害怕？

「看妳信心滿滿，我還期待能看到什麼攻擊，結果連條擦傷都沒留下。真是笑掉我的大牙……！少在那裡搞些無謂的掙扎────!!」

納西姆放聲大笑，再次揮拳。

接著瞄準腳下的寧音頭部──

（我活下來了……！！！）

拳頭伴隨勝利的歡喜一同揮下。

──就在這一剎那。

「的確，妾身現在的確連條擦傷都劃不開，**但那是在你身上。**」

〈夜叉姬〉面臨緊要關頭，卻是笑意漸深——緊接著，異變發生。

「唔噢！？！？」

納西姆的側腹附近流瀉光彩。

乍看就是一片眩目卻無熱度的虹彩稜鏡。

但這只維持短短一瞬間。

即將傾瀉而出的光隨即凝聚於原本湧出的一點，也就是寧音以〈嫣紅鳳〉刺中的一點，像是被吸收了似的。

而凝聚於此的不只是彩光——

「嗚喔喔喔喔喔喔喔喔喔喔喔喔喔喔喔！？！？」

納西姆的身體隨著彩光漸漸被拖進側腹的「點」中。

拉扯的力量強得難以想像。

「嘎、啊啊啊啊啊！！！！」

納西姆慌了手腳，急忙將原本瞄準寧音的拳頭轉向自己的側腹，毆打光的凝聚點。

但是毫無反應，甚至連右手都遭「點」吞沒，連同彩光吸了進去。

「點」的吸引力沒衰減，甚至漸漸吞噬納西姆的身體。

是遭到重力壓潰？

不，倘若真是如此，反而奇怪。

因為現在吸收納西姆的吸力，**遠比寧音處於〈超度覺醒〉狀態下的力量來得強大許多。**

這股吸力顯然超過〈夜叉姬〉西京寧音。

那這究竟是——

「臭娘兒們——！妳到底做了什麼啊啊啊啊！？！？」

納西姆死命扭動身軀，極力抵抗吸力，並且放聲大喊。

寧音聞言，撐起上半身，張開〈嫣紅鳳〉掩飾心懷不軌的邪笑，答道：

「妾身說過了，妾身對你什麼也沒做。畢竟妾身的力量完全傷不了你呀。所以——我就在『你』這個存在身處的一維空間開了個口。」

「一、一維！？」

「沒錯。這個世界除了人類認知的四維空間之外，還存在其他六維，平時會由特殊力場捲起，在名為『卡拉比．丘空間』的地方裡維持『關閉』狀態。所有維度會經由無數節點構築整個世界。」

既然如此——

「妾身若是以能力鬆開其中一個節點，你覺得會發生什麼事？」

卡拉比．丘空間大約有十的負三十一次方公分，這小小的力場鎖住人類無法感知的六個維度。只要以細微的重力干涉鬆開力場，壓縮在內的維度釋放出來，**世界**

會在瞬間顛倒過來。

但是宇宙和人一樣，擁有自我修復的能力。

世界本身會維持抗衡。即便局部的超新星爆炸、黑洞形成擾亂空間的重力場，宇宙也不會毀壞。

暫時鬆開的卡拉比・丘空間亦同。

構成卡拉比・丘空間的維度本身擁有重力，會重新將四散的維度捲回應有的大小。

沒錯，重力會將所有維度捲回十的負三十一次方公分。

「空間會把存在於其上的東西全都吸進去呢。」

「～～～～～～！！！」

〈沙漠死神〉經歷〈超度覺醒〉，自己無論如何都傷不了他。

既然如此，就利用自己以外的力量。

故意掀翻局部宇宙，觸發宇宙的修正作用，使目標捲入封鎖的宇宙卡拉比・丘空間，將之放逐於四維空間之外。這就是伐刀絕技──

「起名〈翻天覆地〉。嗯哼，好幾年沒創新招數了。小黑離開以後，妾身鬥志全消，比賽也隨便打一打。當年的妾身可是極力掙扎，只為擊敗那超乎想像的怪物。多虧你，妾身彷彿返老還童了呢。為了感謝你，就招待你前往宇宙深處玩一玩吧。」

寧音說完，搖搖晃晃地站起身，用〈嫣紅鳳〉的扇尖輕抵納西姆的額頭。而納西姆現在只剩下頸部以上，其餘部分已經捲入卡拉比・丘空間。

絕望在這瞬間爬遍納西姆全身上下。方才那股冰冷的死亡恐懼與這份絕望相比，還顯得溫和許多——

「住、住手啊啊啊啊!!快住手!!我不想去那種鬼地方!!不要!!至少、至少殺了我!快點殺了我啊啊啊啊啊啊!!」

無限膨脹的恐懼逼得納西姆淒厲慘叫。

他拋開男人的羞恥心與面子，苦苦哀求。

寧音目睹納西姆的丟人模樣，訝異地瞪圓了雙眼——

——打從心底愉快地譏笑。

「抱歉喔。那不是妾身的力量，妾身也控制不了呢。」

寧音說了句：「永別」，以扇尖輕壓納西姆的額頭。

他彷彿好不容易抓住懸崖邊緣，指尖卻鬆了開來。納西姆拚死掙扎，想停留在四維空間裡，這一下又更將他壓進卡拉比・丘空間——

「不要、啊啊、啊、啊啊啊啊啊啊啊啊啊——————!!!!」

〈沙漠死神〉納西姆・薩利姆消失在「點」內，宇宙的體積又縮小了一人份。

『A、Ama——zing!!我還以為最後的反擊也以無效告終，結果！下一秒突然噴出彩虹光芒，還把〈沙漠死神〉給吞進去了！這兩個傢伙開場就噴了一堆魔力，害攝影機拍不到畫面。好不容易畫面清楚了，一個變惡魔，一個變成鬼，搞得好像萬聖節對決。好不容易分出勝負，卻又讓人搞不清楚怎麼解決的！媽的！你們兩個根本不想讓我工作對吧！』

戰鬥經過讓人摸不著頭緒，主播只能不斷大肆抱怨：

『但是，我總算能肯定一件事！最後留在戰場上的就是，〈夜叉姬〉西京寧音——!!』

主播從直升機上向守候戰爭的眾人傳達寧音的勝利。

從未有歷經〈超度覺醒〉的〈魔人〉在眾目睽睽之下激烈鬥爭。

對於不知〈魔人〉存在的眾人來說，這場前所未見的超常戰鬥，恐怕令他們既茫然，又莫名感到畏懼。

但即便如此，寧音最後變回眾人熟悉的模樣，並葬送化身惡魔的納西姆。

主播與法米利昂的國民一起安心又喜悅地高聲喝采。

寧音同樣鬆開緊繃的肩頭，放下心中的大石。

寧音是第一次對上抵達〈超度覺醒〉境界的敵人，而且是在真槍實彈的戰爭中。

〈沙漠死神〉在寧音的戰鬥生涯中，也算是數一數二的強。

甚至比七星劍武祭上的黑乃還強，強上太多了。

然而——

「換作小黑，這種逃脫大技，她大概三兩下就奉還給我了呢。」

寧音能夠斷定這個結果。

對方可以直接干涉時間，這一點也相對有利。

但比起實際道理，寧音更是無法想像，黑乃會輕易屈服於自己。

就如同那場七星劍武祭。

黑乃面對自己，肯定會發揮超越原有實力的力量。

她不想輸給自己，必定會馬上反擊所有殺招。

就如同自己，絕不認輸。

宿敵(Rival)就是這麼回事。

心想絕不能輸給這傢伙，在互相砥礪之中登上更高一層樓。

耗盡自身極限，仍能無止盡地湧出力量。

濫用力量大肆破壞，遠遠比不上與宿敵競爭的樂趣。

這點快樂已經無法滿足自己了。

既然如此，為了再次體驗那炙熱的一刻，得想辦法讓她再次站在自己面前。

（絕對要讓她深深為妾身著迷，再也沒心情去想那男人。）

首先得解決這場戰爭。

寧音心想，邁向下一個戰場。

然而——

『好了，勝利終於近在眼前！奎多蘭隊伍只剩下〈傀儡王〉歐爾・格爾！法米利昂隊伍只有〈不轉〉因為與〈惡之華〉兩敗俱傷，脫離戰場，還剩下四名選手！剩下的比賽等於是必經過程，必勝無疑——呃、喂，〈夜叉姬〉……!?』

「…………呿。」

寧音跨出一步，正要前進的剎那，雙膝便不支滑落，向前倒去。

超乎想像的專注力迫使腎上腺素分泌，現在腎上腺素失效，全身緩緩滲出鮮血。

（身體……使不上力…………）

納西姆造成的傷害。

〈超度覺醒〉帶來的負擔。

最後逼出的力量。

她已經精疲力盡了。

（……妾身、還想一個人、趕跑、所有敵人、的說…………）

寧音苦笑，自己真是糗爆了。

不過沒轍的事情就是沒轍。

幸虧戰局優勢已經單方面導向法米利昂，敵方也只剩〈傀儡王〉一個。

那就沒問題了。

〈傀儡王〉的能力原本就不在於單靠絲線攻擊，而是用途廣、有效範圍更廣，不但能精密操縱人體、物品，又能輕鬆控制整個國家。根本不適用於戰鬥。

再加上〈傀儡王〉至今始終躲在幕後。

她不認為這傢伙慣於戰鬥。

〈傀儡王〉已經敵不過現在的史黛菈。

寧音回想史黛菈從愛德貝格回來後，所展現的意志力——

（……史黛菈，反正妳還年輕，就連妾身的份也擔下來吧。）

她不再抵抗，任憑疲勞擠壓全身，閉上雙眼。

第二十一章　天理難容的心願

〈夜叉姬〉與〈沙漠死神〉分出勝負的前不久。

〈傀儡王〉歐爾・格爾與〈黑騎士〉艾莉絲・阿斯卡里德在市區展開激戰，戰局卻出現巨變。

艾莉絲始終展現壓倒性的實力之差，接連將歐爾・格爾逼近死胡同，此時卻出現瞬間的破綻。歐爾・格爾趁機加速逃逸，想逃到天空上，讓艾莉絲無法繼續追擊。然而，〈紅蓮皇女〉擊敗遭歐爾・格爾操控的約翰後，趕來參與這場戰鬥。

「燒盡一切，〈燃天焚地龍王炎〉(Calusaritio Salamander)——！！！！」

〈傀儡王〉歐爾・格爾殺死她親愛的國民，玩弄盟國，踐踏好友。史黛菈朝仇敵揮下憤怒之劍。

「哇啊啊啊啊!!」

巨大炎劍劈開天際，迎面而來。歐爾・格爾窩囊地慘叫，踩住空中布下的絲線，勉強躲過這一擊。

凝聚怒焰的炎劍一劍劈開下方的大城市路榭爾。

炙熱劍痕烙印在夜晚的大地。

破壞力令人毛骨悚然。

不過，史黛菈不給敵人動搖的空檔。

史黛菈深知眼前的敵人奸巧，單純一劈砍不中他。

方才只是警告，自己絕不會放過他。

因此，她隨後的行動極為迅速。

史黛菈張開雙翼追趕歐爾・格爾，歐爾・格爾則在天際的絲線上輕跳逃竄。

飛翔與跳躍，雙方速度顯而易見。

史黛菈立刻追上歐爾・格爾。

「〈殺人戲曲（Grand Guignol）〉!!」

但這男孩不會輕易就範。

他以絲線修復艾莉絲擊碎的雙手，雖然沒有完全恢復，但也堪用。絲線構成連續斬擊，斬向衝刺而來的史黛菈。

「哼！」

裡。

歐爾．格爾的伐刀絕技可瞬間百斬，將目標斬成肉醬。史黛菈卻完全不放在眼裡。

她隨手揮劍，一擊抵銷飛來的數百絲線。

史黛菈砍斷絲線化解斬擊──

「喝啊啊啊啊啊啊！！！！」

「唔!?」

保持揮完劍的姿勢撞向歐爾．格爾。

她以肩膀將歐爾．格爾撞落地面。

歐爾．格爾背部直接撞擊大地，衝擊貫穿臟腑，口吐鮮血。

但傷不致命。歐爾．格爾用絲線纏滿全身做為鎧甲緩衝，外加布線在空中成了氣墊，扼殺落下的衝擊。

歐爾．格爾勉強站起身，仰望空中的炎翼騎士，神情滿是不解與焦躁。

「啊、哈　啊哈　妳好強啊，和之前判若兩人。妳在這短短的時間裡到底做了什麼啊……！」

歐爾．格爾目睹史黛菈成長後的傲人實力，不禁咂舌。

一個星期前的史黛菈還沒有如此強大。

原本她面對自己、納西姆散發的引力，只能驚恐顫抖。

〈魔人〉行走於行星命運的外側，他們強制操控因果的體現，就是引力。

強大的意志力，足以打破自身可能性的極限。

同時伴隨針對命運的絕對主觀。

引力足夠強大，甚至不需要過程，就能擊敗對手的心靈。

一星期前的史黛菈正是遭受如此攻擊。

人站在懸崖邊緣會雙腳發軟，這和引力相同原理。

納西姆、歐爾・格爾以引力塑造難以抗拒的死之因果，史黛菈因此崩潰。

然而，現在的史黛菈完全不理會歐爾・格爾的氣勢、引力。

她毫不猶豫走向懸崖，飛躍而過。

這女孩曾經在〈魔人〉的引力面前動彈不得，究竟是什麼改變了她？

但是史黛菈的成長是天經地義。〈紅蓮皇女〉史黛菈・法米利昂早在今天之前，就碰上歐爾・格爾完全無法比擬的強大對手，曾經走過一次鬼門關。

史黛菈與這名敵人戰鬥的過程中察覺了。

無論遭遇絕望、絕境，她的自我都無所動搖。

自己的內心深處藏有絕不退讓的心願。

——我想讓孕育我的那個國家、那些人們看看我變強的樣子。然後，希望他們能以我為榮。就像我打從心底為法米利昂的大家感到驕傲。

願望化作勇氣，勇氣成為力量。

使她跨越自己的潛力極限，前往命運之外征戰四方。

區區引力已經無法嚇阻史黛菈。

不過——

「我沒必要回答你。」

她不需要解釋這麼多。

史黛菈並不想、也不需要讓這傢伙了解自己。

那怕只和他說上一言一句，都令人煩躁。

但——

「我有件事得問問你。」

史黛菈傲視歐爾・格爾，雙眸滿懷火熱的憤怒與憎惡，問道：

「你讓露娜姊做了什麼？」

「嗯？」

「兩國軍隊事前在卡爾迪亞發生衝突，但露娜姊宣布重新舉辦代表戰形式的戰爭，制止了衝突。可是……我不認為你這種人渣會乖乖答應露娜姊的提議。」

寧音說過，和惡魔交易總是需要「惡魔的金幣」。

露娜艾絲當下露出十分悲戚的神情，代表她確實支付了同等的代價。

「混蛋，你到底讓露娜姊做了什麼……！」

史黛菈再次質問歐爾・格爾。

歐爾・格爾聞言，拍了拍手：「啊、是那件事啊。」

「啊哈　我根本沒有要求什麼啊。」

他答道：

「奎多蘭軍和法米利昂軍在卡爾迪亞市發生衝突的時候，姊姊動用〈蒼天之門(Divine gate)〉，好不容易才帶她逃離路榭爾，結果露娜艾絲居然特地搭直升機跑回來，還向我提了個主意，她說：『我希望遵照聯盟規則舉辦戰爭，以免法米利昂犧牲國民。你們與其對上整個聯盟，採取代表戰形式還比較占優勢。』可是我們真有這種理智接受談判，一開始就不會搞出這齣鬧劇啦。〈聯盟〉的蝦兵蟹將再多來幾百萬人，我們也無所謂。我當然馬上拒絕她。結果……啊哈　她居然出了一個好誇張的主意。她說，假如我們接受提議，遵照聯盟規則進行戰爭，當奎多蘭合併法米利昂之後，**就由她親自處決戰犯!!**」

「————!!!」

「啊哈　啊哈！我嚇了好大一跳喔。她等於是在說，國家戰敗了，她就要親手殺死父母和史黛菈耶！她真的好聰明，很清楚該怎麼談判。她提了這麼愉快的條件，我當然只能答應啦！哎呀，好期待喔。用絲線操控別人，強迫對方殘殺親人、愛人時，絲線會傳達出對方內心的顫抖，那種顫抖『很美味』呢。可是露娜艾絲說不用我強迫，她要自己來處刑，到時她的心靈會如何顫動！會厭惡自己開了愚蠢的條件？還是哭著向親人道歉，說自己是逼不得已的？還是說，她會壓抑所有情緒，下手完成自己提出的賭注!?光是想像就開心得不得了啊！」

「唔……………」

歐爾．格爾描述兩人交易的全貌。

史黛菈聞言，頓時語塞。

她必須親手殺死深愛的家人，而且不是強制，是以自我意志行動。光是想像就毛骨悚然，還不如直接殺了她。露娜艾絲竟然以這場活地獄做為代價與惡魔交涉。

因為她深知，這就是她所能提出、惡魔又願意接受的代價。

原來如此，這代價的確值得。

這隻惡魔想必是滿懷欣喜答應露娜艾絲的交易。

他的笑容肯定就如同現在一樣，令人不寒而慄。

另一方面，露娜艾絲是否會為談判成功感到喜悅？

肯定不會。

史黛菈了解露娜艾絲，她既聰穎又高尚，而且十分溫柔。

自己逼不得已得將家人的性命端上談判桌，她一定嚴厲地苛責自己。又或者是深恐那噩夢般的下場到來，夜夜無法入眠。

然而她始終壓抑痛苦與恐懼，獨自一人一肩擔起——

多麼痛徹心扉——

多麼孤獨的戰鬥——

——這個王八蛋，竟敢把我的家人推入這種地獄!!

「我期待歸期待……現在局勢好像不太妙，太可惜了。沒想到史黛菈跟同伴居然這麼努力。我可能沒辦法一邊對付姊姊，一邊和史黛菈玩人偶戲。最糟糕的狀況，我可能得先想好怎麼逃跑才行——」

「沒這個必要。」

史黛菈握緊〈妃龍罪劍(Lævateinn)〉。

露娜艾絲孤軍奮戰這麼久，很足夠了。

該輪到自己努力了。

多虧露娜艾絲，自己已經獲得痛宰惡魔的力量。

「你不用費心思想怎麼逃跑。我不會讓你活著離開這個國家，也不會讓你死在大家沉睡的土地上。我會把你的骨頭一片不留地燒成灰燼，扔進海裡！」

她要現在宰了這個男孩。

怎能讓這個惡魔繼續操弄別人——哪怕是任何人、任何事！

史黛菈堅定意志，下定決心，隨即大喊：

「阿斯卡里德小姐！配合我一起上！」

「啊……！唔、我知道了……！」

阿斯卡里德聽從史黛菈的號令，重新舉起戰斧。

於是——

「二、二對一，太陰險了啦!?」

兩人同時攻向臉色鐵青的歐爾・格爾。

『好啦，雖然很在意〈夜叉姬〉的狀況，但戰爭還沒結束咧！〈夜叉姬〉就交給醫療小組，我就繼續播報戰爭啦！

法米利昂對奎多蘭，賭上兩國存亡的戰爭終於漸入佳境！

法米利昂隊伍的進攻勢如破竹，奎多蘭隊伍只剩下一名選手！

只剩〈傀儡王〉歐爾・格爾那個混蛋啦！

〈黑騎士〉與〈傀儡王〉正在市區交戰中！而現在，〈紅蓮皇女〉史黛菈・法米利昂擊敗奎多蘭隊伍領袖——新王約翰之後，終於趕到市區參戰啦——!!』

主播見證完寧音與納西姆的戰鬥後，從寧音兩人激戰的場所，越過多多良以〈星之鎚〉(Astral force)炸毀的王城遺跡，轉而播報住宅區內白熱化的戰鬥。

「哈啊啊啊啊!!」

「咕、唔！」

『RushRushRush——————！！！！

〈紅蓮皇女〉！〈黑騎士〉！

兩人攜手合作，密集的連續攻擊將〈傀儡王〉逼入死境!!

雙方都擁有超常破壞力。兩名騎士合作無間！

〈傀儡王〉一味防守！無計可施！只能抱頭鼠竄——！

〈傀儡王〉使勁踩向絲線，正要逃向空中，但是——

「看你往哪逃——！！！」

「呀啊啊！」

『史黛菈立刻擊落他!!

〈傀儡王〉想逃向天空，史黛菈隨即飛上青天，繞到〈傀儡王〉的頭頂攔截！

她絕不放過〈傀儡王〉！

〈黑騎士〉的戰斧瞄準〈傀儡王〉，仰天長嘯!!

〈傀儡王〉勉強避過！但是——史黛菈的爆擊緊接在後！』

歐爾．格爾連滾帶爬逃過〈黑騎士〉的劈砍。史黛菈張開赤焰雙翼，每一片羽毛迸發熱能，化作火雨，傾瀉而下。

歐爾．格爾現在的姿勢無力閃躲——

『直接命中——!!〈傀儡王〉灰頭土臉地被炸飛了！

噢！方才的轟炸炸到他的腳了！他腳扭曲變形，站不起來！

腳爛成這樣，逃也逃不了啊！

史黛菈從上空，〈黑騎士〉艾莉絲．阿斯卡里德來自地面，兩人同時攻向〈傀儡王〉！

兩人聯手痛毆！這根本是私刑啊！

不過戰爭的形式本來就是混戰！

多對一也不算卑鄙啦！妳們就繼續圍毆吧!!』

史黛菈用不著主播指揮，隨即施展大招。

火焰之劍凝聚再凝聚，直到化作光柱。

〈燃天焚地龍王炎〉。

光之劍揮向斷腳的歐爾．格爾，欲將所及之物化為灰燼。

歐爾．格爾卻跳向一旁，躲過光劍。

他斷了腳，為何還能跳躍？

答案是絲線。

整座街道掛滿了絲線。他以絲線拉動自己，將身體拖離地面，避過致命一擊。

然而，史黛菈早就推測出歐爾．格爾會利用絲線閃避。

方才的一擊是為了侷限歐爾．格爾的行動模式。

四周的地形與劈砍的軌道。

結合雙方就能縮減歐爾．格爾迴避時的行動路線。

歐爾．格爾在危急之際躲過一劫，卻被送到〈黑騎士〉艾莉絲．阿斯卡里德的正前方。

「————！」

橫掃一斬。

純魔力化作破壞力，蘊藏在戰斧中。她揮動戰斧。

阿斯卡里德一次揮砍，就能將一棟房子化作粉塵。

若能命中敵人，一擊就能定勝負。

然而歐爾・格爾的機智比艾莉絲的追擊快上一步。

「啊啊啊！」

艾莉絲的戰斧即將斬下首級前一刻。

歐爾・格爾的右手猛敲地面。

絲線利刃將石造路面切成蜘蛛網狀——

——歐爾・格爾的身體隨著岩盤下陷，落入下水道。

艾莉絲預期他會逃向左右或上方，卻沒料到他會敲毀地面逃向下方。

她在剎那間反應不及，戰斧擦過歐爾・格爾的頭頂。

歐爾・格爾瞬間採取下個行動。

他伸出絲線纏住戰斧，利用艾莉絲的力量將自己的身體拖出洞穴。

他若當真直接摔進下水道，四周都是密閉空間，無處可逃，最後就等著被史黛菈的火焰烤個全熟。他才不要。

歐爾．格爾回到地面，切斷絲線，和史黛菈、艾莉絲拉開距離。

他在兩人逼近之前趁機以絲線修補斷腳。

歐爾．格爾身處一打二的劣勢，判斷力仍舊精準。

不過——

『嘖！〈傀儡王〉歐爾．格爾簡直跟蟑螂一樣頑強！

他沒心情維持詭異的招牌笑容，可拚命的了！

不過快看哪，那傢伙慘兮兮的。

汗水沾溼了頭髮，四處滾動導致全身上下處處擦傷！

密集攻勢讓他喘不過氣，現在上氣不接下氣！

體力與精神力接近極限！他再掙扎也沒多久了！』

主播說得沒錯，他的確一步步瀕臨極限。

說到底，歐爾．格爾原本就無力對付史黛菈和艾莉絲任何一人。

他原本就不擅長戰鬥，只和一個人交手就極其困難了。

同時面對兩名強大的騎士，更是難上加難。

當然的，他再過不久就會束手就擒。馬上就會決出勝負。

但是——明明他撐不了多久——

抵抗。

歐爾．格爾在最後關頭拚死掙扎。

歐爾・格爾過於執著並不是唯一的問題。

真正的原因——在於〈黑騎士〉艾莉絲・阿斯卡里德身上。

「阿斯卡里德小姐！妳沒問題嗎!?」

「唔……沒、問題！」

史黛菈出聲關心。

兩人聯手追擊歐爾・格爾，卻總是差了那臨門一腳。原因為何？

艾莉絲的攻擊總是會在最後一刻鬆懈。

歐爾・格爾利用下水道閃避的時候也是。

換作平時的艾莉絲，絕對有辦法搶在歐爾・格爾斬斷地面之前砍下他的頭。

史黛菈親自和她交手過，知道她絕對有足夠的實力。

所以她以為自己趕來之前，艾莉絲可能在戰鬥中出了事，才開口關心。

艾莉絲表示自己沒事。

她也深知是自己失誤，才遲遲無法解決歐爾・格爾——

（為、什麼……）

她在頭盔底下咬緊牙根。

她深深憎恨歐爾・格爾，多麼希望將他千刀萬剮。

是因為殺意過於濃烈，才讓攻擊破綻百出——

——並非如此。

考量到艾莉絲和歐爾·格爾的實力差距，她的攻擊再怎麼粗劣，也不可能失手。

實際上在史黛菈抵達之前，歐爾·格爾利用「人偶」重現那場慘劇，艾莉絲因為挑釁失控，攻守技巧都十分魯莽，仍能仰賴壓倒性的防禦力抵擋歐爾·格爾的猛攻，將他逼入死胡同。

現在卻不一樣。

艾莉絲的行動顯然比史黛菈抵達之前還要慢。

而且慢上許多。

原因在於——慌亂。

（到底、為什麼…………）

她掐住歐爾·格爾的細頸，正要使勁捏斷的時候。

歐爾·格爾的臉孔因窒息而瘀血，瀕死的他開了口。

氣管被掐緊，話語無法成聲。

但是艾莉絲透過嘴唇動作，明白他說了什麼。

『姊、姊…………救救、我…………』

求饒。

惡魔為了快樂玩弄無數人命，如今卻醜陋地哀求著。

自己沒必要理會他。這個惡魔沒有求助的權利。

這是理所當然的。

然而——艾莉絲聽見這句不成聲的求饒，卻瞬間鬆了手。

艾莉絲因為自己的舉動陷入混亂。

現在亦同。

自己不需要史黛菈的輔助，照樣可以獨自捕捉歐爾．格爾。

但兩人聯手仍然無法取他性命。

每當自己準備下殺手，身體就會發作似地僵硬。

斬殺他的最後一步總是會鬆懈。

（為什麼！）

艾莉絲搞不懂自己的反應，咬牙切齒。

自己難不成可憐這個惡魔？

（不可能！）

她不會對他留有一絲親情。

歐爾．格爾都做了什麼？

繼續讓這個男孩活下來，他會做些什麼？

自己最清楚這些問題的答案。

因為自己就成了歐爾．格爾的手腳，在那場慘劇晚宴親手虐殺父母與村人。

她至今無法忘卻那地獄般的慘況。

殺害的順序、殺害的方法、滿載痛苦與畏懼的死前哀號——

一切的一切都深印在腦海裡。

『那座村莊裡發生的一切——全都是妳不好，艾莉絲・格爾。』

（對……都是我的錯…………！）

國際魔法騎士聯盟法國分部分部長雷薇・阿斯卡里德在收養艾莉絲時，曾經殘忍地責備她。艾莉絲認同這些責備。

自己是姊姊，比任何人都親近歐爾・格爾。

至今為止，一定曾經有機會察覺弟弟的異常之處。

假如她能及時發現，或許「現在」會更加不同。

——一切早已無法挽回。

正因為如此，**不能讓他繼續孕育相同的悲劇**。

不能讓那場地獄再次發生。

艾莉絲・格爾正是為了阻止這一切，只為這個理由活到今天……！

「啊啊啊啊啊啊啊啊啊！！！」

「————!?」

嘶聲吶喊驚天動地。

〈無敵甲冑〉的縫隙噴發紫焰般的魔力光芒。

艾莉絲以氣勢和責任感壓下莫名其妙的迷惘，再次攻向歐爾・格爾。

歐爾・格爾聞聲，瞬間被艾莉絲拉走注意力。

史黛菈不會錯過這破綻。

「哈啊啊啊啊啊——!!!」

「慘了——唔嗚嗚!!」

她從上空垂直降落。

〈妃龍罪劍〉順勢向下劈去。

歐爾・格爾閃避不及。

隨即以絲線組成〈蜘蛛之巢〉為盾，接下史黛菈的剛劍。

絲線盾牌分散壓力，勉強擋下史黛菈的剛強力道。

但是——

「艾莉絲!就是現在——!!!」

史黛菈以炎翼使力加壓盾牌，隨即吶喊。

〈蜘蛛之巢〉與〈妃龍罪劍〉維持著危險平衡。

歐爾・格爾只要稍微鬆力，〈妃龍罪劍〉馬上會撕裂〈蜘蛛之巢〉，順道將盾牌後方的歐爾・格爾一刀兩斷。

歐爾・格爾無處可逃。

史黛菈做為搭檔，深知艾莉絲現在行動遲緩，但對於動彈不得的敵人總不會失手了。

艾莉絲立刻回應史黛菈。

她踏碎地面，朝著歐爾．格爾放聲吶喊。

戰斧揮滿至極限，灌注全身力勁，欲將歐爾．格爾從頭劈成兩半。戰斧揮下——

「不、不要啊啊！不要不要我不想死！救救我！姊姊救救我————!!」

和自己相仿的異色雙眸因恐懼而瞪大。雙方對上眼的下一秒——

艾莉絲見到不可能重現的景象。

艾莉絲的視野忽然切換。

眼前的景象並非自己的所在地，夜晚的路榭爾市區。

點燃的暖爐。

色調溫暖的木造牆壁。

品味適宜的居家用品上，排滿小動物外型的玻璃藝品裝飾。

這裡……曾經是她的家。

她自小居住的房屋，如今早已灰飛煙滅的那個家。

艾莉絲和父母加起來只有三人，人數不多，屋內的時間總是靜靜流逝。

只有**這一天**特別熱鬧。

嬰兒的哭泣聲響徹天際。

『哎呀哎呀，哭得真有精神。雖然身子有點嬌小，能哭得這麼大聲，應該沒問題。』

『太好了……老婆，辛苦妳了。』

住在同一個村子裡的產婆和父親捧起哭喊不休的嬰兒，母親則渾身是汗地躺在床上。兩人慰勞著母親。

母親聞言，露出安心的笑容，點了點頭。

『來，讓他看看爸爸長什麼樣子。』

『啊、好的。』

『爸爸！艾莉絲也想看！讓艾莉絲看嘛！』

當時的自己聽完對話，覺得大人很奸詐，忍不住蹦蹦跳地抗議。

父親抱著嬰兒，在艾莉絲面前蹲下——

『好啊……來，**歐爾雷斯**，這是你姊姊喔。』

『哇啊……』

這就是艾莉絲‧格爾與歐爾雷斯‧格爾初次見面的一刻。

她率先注意到的是，那雙尚未完全睜開的雙眼。

半閉的眼瞼深處，那對虹彩和自己一樣，左右異色。

分別同時繼承父母雙方的瞳色。

『他的眼睛和我一樣……』

年幼的艾莉絲透過眼睛，感受到血緣的羈絆。

同一時間……嬰兒或許也有著相同的感受。

『啊唔、啊啊。』

歐爾雷斯一見到艾莉絲，頓時止住哭聲。

他聰明地睜開眼瞼，像是想仔細瞧瞧艾莉絲的臉，還無法順利行動的雙手緩緩抓握。

他像是想抓些什麼。

艾莉絲緩緩伸出手，只見那細小柔軟的手指輕柔地握住艾莉絲的指頭——

『呀啊。』

『啊，他……笑了。』

『呵呵，他似乎很喜歡姊姊呀。』

『艾莉絲，妳從今天起要當姊姊了，要好好保護歐爾雷斯喔。』

媽媽轉告自己，成為姊姊應盡的責任。

年幼的自己還不明白這是什麼意思。

她甚至只是隱約感覺到會多一個家人，母親要她保護弟弟，她不知道該不該答應。

不過——

這隻握住自己手指的聰明小手——

上頭傳達淡淡的意志，對方確實在尋求自己——

她覺得他非常……非常惹人憐愛——

（——我……！）

『————嗯！』

「啊、啊啊啊啊啊啊啊啊啊————————！！！！」

「欸!?」

驚呼，出自壓制住歐爾・格爾的史黛菈之口。

原因在於她訝異瞪大的視線前方。

艾莉絲的戰斧瞄準了史黛菈——

——橫掃而過。

© Won

◆◇◆◇◆

「呀啊啊啊啊啊啊啊！？！？」

『搞、搞什麼啊啊啊啊啊！？！？〈黑騎士〉的戰斧沒往〈傀儡王〉去，反而砍飛壓住〈傀儡王〉的史黛菈！喂喂喂妳在幹什麼啊!?目標太近所以準頭歪了嗎!?還是又被〈傀儡王〉操縱了！？！？』

眼前難以置信的狀況令主播大感不解。

史黛菈勉強抵擋艾莉絲突如其來的攻擊，卻被撞飛了出去。想當然耳，史黛菈非常慌亂地質問艾莉絲：

「阿、阿斯卡里德小姐!?為什麼攻擊我!?」

難不成她中了歐爾．格爾的伐刀絕技，落入他的掌控了？

史黛菈和主播做出相同推測，瞪向歐爾．格爾。但是——

「姊、姊姊……？」

艾莉絲身後的歐爾．格爾自己同樣露出疑惑的神情。

假如他真把艾莉絲收為己用，不可能露出這表情。

究竟是怎麼回事？史黛菈的目光再次轉向艾莉絲。

困惑的視線聚集在艾莉絲身上——

「啊……啊啊啊啊、哈啊！咿、唔嗚、嗚嗚嗚嗚嗚!!」

「阿斯卡里德、小姐……？」

艾莉絲裹在〈無敵甲冑〉裡，渾身打起寒顫，不斷抓撓鎧甲。

頭盔縫隙傳出聲聲慟哭。

史黛菈見到她非比尋常的痛苦模樣，馬上想奔上前。

打算查看她的狀況。

然而——

「對、不起……」

史黛菈聞言，驀然止步。

滾燙的龍血彷彿瞬間冷卻，全身感到絲絲寒意。

她為何道歉？

為了什麼道歉？

因為自己不慎受歐爾·格爾操控？

不，歐爾·格爾也覺得訝異，代表不是這麼回事。

歐爾·格爾沒有操縱艾莉絲。

那這句道歉的意思，該不會是——

「妳保護了……那傢伙……？」

史黛菈小心翼翼地問道。

不可能會有這種事。

她希望艾莉絲能夠否認。

不過，艾莉絲並未否認史黛菈的提問。

她不但沒有否認必須立即澄清的疑問——

竟然**背對歐爾．格爾，朝史黛菈舉起戰斧**。

「艾莉絲．阿斯卡里德，妳到底在想什麼————！！！」

史黛菈見狀，隨即臉色鐵青，勃然大怒。

艾莉絲面對史黛菈的怒火，仍未放下武器，也不移動，更不再道歉——

她告訴身後的歐爾．格爾。

「歐爾雷斯……你逃吧。」

「姊、姊？」

「你已經毫無勝算。所以……快點逃！」

歐爾．格爾聞言，疑惑轉為喜悅浮上眉梢。

他懂了，艾莉絲是真心想守護自己。

「啊哈　嗯！姊姊，謝謝妳！姊姊果然願意站在我這裡！」

歐爾．格爾不明白艾莉絲基於何種心境，才有此一舉。但對走投無路的自己來說，這可是九死一生、千載難逢的生機。

「謝謝妳！姊姊，我愛妳！」

他隨即蹬向天空，逃離史黛菈。

「慢著！」史黛菈馬上怒吼，作勢追上──

艾莉絲搶先一步攔下史黛菈。

「唔、給我搞清楚狀況！不要再鬧了!!我真的要生氣了啊!?」

「…………」

『老、老天爺啊！原本以為只要再打倒一個人就能輕鬆結束戰爭，緊接著就發生不得了的大事！〈黑騎士〉艾莉絲・阿斯卡里德竟然背叛夥伴！幫著〈傀儡王〉，攻擊〈紅蓮皇女〉史黛菈!!〈黑騎士〉在這節骨眼上就已經違規失去選手資格，但是場上沒人能阻止她！接下來究竟會怎麼演變下去!?〈黑騎士〉到底發什麼瘋啊!?』

眼前不被允許的緊急狀況伴隨著慌亂、困惑與疑問，在全世界瞬間蔓延開來。

不僅是法米利昂──

包括派遣到場的聯盟士兵──

「該死的……」

◆◇◆◇◆

〈黑騎士〉的故鄉，法國巴黎。艾莉絲的義母，〈刺刃(Bayonet)〉雷薇・阿斯卡里德正在國際魔法騎士聯盟法國分部長辦公室守候這場戰爭。她也目睹了這場混亂。

「分、分部長！大、大事不好了！〈黑騎士〉、您的女兒她……！」

「聽見了……我知道。」

年輕女祕書透過分部長辦公室的螢幕看見一切，顯得十分慌張。佩戴眼罩的高大女性深深嘆了口氣。

「您說知道……為什麼您這麼冷靜呀！」

「我看起來很冷靜嗎？」

「唔……」

鮮紅如血的長髮深處，那抹銳利的目光頓時讓祕書啞口無言。

她是因為氣惱部下犯了不可饒恕的錯誤，所以眼中才透著怒火——並非如此。〈刺刃〉雷薇是聯盟旗下無人能敵的女豪傑，此時她的眼中卻意外流露著憐憫，彷彿在強忍心痛。

「祕密案件〈浴血十字架(La Croix Sanglante)〉案發後……我曾經詢問過負責鎮壓的奧本等人，當時就已經猜到這個可能性。」

雷薇手肘靠在桌面，祈禱似地將額頭靠向手掌。

她低垂著臉，憶起當時的狀況。

案發當天，奧本隊抵達村莊時，主犯歐爾．格爾也在場，他一察覺奧本隊到來，隨即操控村裡唯一存活的親姊姊艾莉絲拖住奧本隊，自己逃之夭夭。

但歐爾．格爾的操控能力再怎麼高超，終究只是個兒童。

過不了多久，奧本隊順利讓艾莉絲重傷瀕死，成功鎮壓現場。

──然而，此時卻發生奧本隊意想不到的狀況。

艾莉絲竟然〈覺醒〉復活，再次襲擊眾人。

艾莉絲這時的能力比〈覺醒〉前有過之而無不及，奧本隊無力進攻，徹底被絆住，直到歐爾．格爾逃到足夠的距離後，才解除艾莉絲的控制。

雷薇聽完報告後，起了一個疑問。

艾莉絲究竟是因何種動機而〈覺醒〉？

〈覺醒〉是為了貫徹自我，跨越自身的極限。

一個伐刀者的〈覺醒〉，必須具備心願，具備無可動搖的自我。

空有才能無法解決這個缺陷。

雷薇認為，艾莉絲身為姊姊，卻沒有事先察覺歐爾．格爾的異常人格，無法防範悲劇發生。這份罪惡感催生出一股使命感，要求自己必須阻止歐爾．格爾，才因此〈覺醒〉。她也是這麼告訴艾莉絲。

實際上卻存在另一種可能性。

這個可能性既不可原諒，也不可能被他人接受。

雷薇是這麼推測的。

艾莉絲那一天踏入〈覺醒〉境界的契機，那份無法動搖的自我，或許就是──

「為了守護自己的弟弟……」

「……！」

「艾莉絲為了保護歐爾．格爾，不惜超越自己的極限，也要回應絲線傳達而來的要求。這個可能性確實存在。所以……我為了避免推測成真，故意撒謊掩飾，不讓她察覺這份心意。

『全都是妳不好。』

『妳身為姊姊，有義務大義滅親，殺死弟弟。』

『妳之所以〈覺醒〉，是因為得知自己該負的責任。』

那傢伙當時已經疲憊不堪，無法思考。我故意指責她，灌輸她這些觀念。」

「為、為什麼……要這麼做……？」

「妳問為什麼？」

雷薇聽祕書有此一問，使勁咬緊牙根。

「假如真是如我所推測，那傢伙到底該如何活下去？那隻惡魔殺死父母、殺死好友，毀壞一切，自己卻想保護他。妳叫她如何接受這樣的自己!?」

任何人都無法理解這個念頭。

別說他人，**連她自己也無法理解**。

她無法搞懂，更無法否定，只能懷抱這份恐怖的情感獨自受苦。

「這對她未免太殘忍了……！」

誰也無法諒解，連自己也不原諒自己，這世間的一切會不斷苛責她。

雷薇不希望她落入這種窘境。

艾莉絲已經渾身是傷，雷薇不想讓她繼續增添傷口。

一個人何必如此深陷其中，不斷受苦？

所以，雷薇將所有責任強壓在艾莉絲身上。即便艾莉絲的心願真是「如此」，不斷洗腦下去，這份責任感或許會弄假成真。

但是——雷薇的心願終究落空。

艾莉絲親眼見到歐爾．格爾，虛假的憤怒隨即剝落。她立刻察覺那份心願，不受他人理解、原諒的，那份真正的願望。

「他媽的!!」

「分部長……」

雷薇焦躁地猛捶辦公桌。

但即便雷薇如何嘆息，一切終究無法挽救。

艾莉絲保護了歐爾．格爾，而且被眾人看得一清二楚。

全世界的眾人親眼目睹這個事實，人人不解艾莉絲的行動，不解最終轉為熊熊怒火。

於是，所有人惡狠狠地瞪視艾莉絲。

與之相對的紅蓮騎士亦同，雙眼怒火中燒。

「妳是認真的，對吧？」

「…………」

「說什麼想幫死去的人復仇、身為親人不能讓弟弟繼續傷人。這些話全都是騙人的啊……！妳打從一開始、就一直……騙得我們團團轉嗎!?」

「…………」

〈紅蓮皇女〉史黛菈・法米利昂不斷質問。艾莉絲不發一語。

她在一句道歉之後，始終保持沉默，戰斧指向史黛菈，擺出戰鬥姿態。

史黛菈見狀，把艾莉絲的舉動視為肯定。

「我懂了……那我不會再叫妳住手了。」

史黛菈的語調轉為低沉。

她閉上雙眼，再次睜眼時，眼中的怒火早已不翼而飛。

她不再動怒了？

不，正好相反。

史黛菈正視了事實。

艾莉絲已經成為敵人。

既然如此，她不該以雙眼展現怒火——而是動劍。

「我就當場劈了妳。」

史黛菈說完，舉起〈妃龍罪劍〉。

艾莉絲也隨即跨開馬步。

雙腳開立。

這站姿是為了承接史黛菈的強大火力，**準備與史黛菈戰鬥**。

她的站姿成了開打信號。

史黛菈更加握緊劍，全速奔向自己的敵人。

不——是「正要」奔去。

「等等，史黛菈。」

一聲勸阻，阻止紅黑騎士之間的衝突。那喝聲低沉，又夾帶撕裂夜風的鋒芒。

兩人認得這嗓音。

「啊、一輝……！」

兩人目光的前方。

一名青年緩緩走了過來。

〈落第騎士〉黑鐵一輝。

他來到史黛菈身旁，開口說道。

同時，他直視著向兩人刀刃相向的〈黑騎士〉艾莉絲・阿斯卡里德：

「她就交給我。我事前就得知有這個可能性，卻毫無作為。全都是我的責任。」

◆◇◆◇◆

當時剛過零時，日期來到決戰之日當天。面對與奎多蘭的戰爭需要充足的睡眠。

於是，黑鐵一輝離開通宵舉行國葬的會場，回到自己分配到的客房。而就在這時——

「咦？」

一輝見到昏暗的走廊前方，有一抹人影靠在一輝客房的門口。

身高比珠雫高了一些。

微翹的亂髮，銳利如刀的眼神。

他遠遠就認出這是誰。

這名少女不知為何，在這幾天和他們維持著奇妙的合作關係。

她是地下社會御用殺手之一——〈不轉凶手〉多多良幽衣。

「多多良同學？妳在這裡做什麼？」

多多良聞言，離開房門，來到一輝面前，答道：

「我在等你。慢死了。明天……不對，是今天了。再隔一次日落就要上戰場，你竟然還敢跟女朋友在野外爽翻天，還真是名副其實的『有精神』。長得一副人畜無害，色膽倒是挺大的。」

「我只是和史黛菈互相鼓勵一下，什麼都沒做！」

「哦？那你就是個愛擦口紅的人妖囉？」

「呃！」

一輝急忙抹過嘴邊。

但是袖口沒有口紅的痕跡——

「嘻嘻嘻，騙你的啦，傻蛋。該幹的還是老老實實的幹完了嘛。」

他被耍了。

一輝驚覺，頓時漲紅了臉。

「別、別調侃我了！我、我真的沒做什麼奇怪的事！只是親了嘴，根本沒做多多良同學想的那種勾當啦！」

「隨便啦。我也沒興趣管你們幹什麼好事。」

「沒興趣就別耍人啊……」

一輝垂下肩，大嘆一口氣。

他眼神充滿不悅，問向多多良：

「所以……多多良同學找我做什麼？妳難不成是特地來等著耍我？也太閒了。」

雖然對方的確沒這麼無聊，不過被玩到這個份上，一輝也沒心情好好聽對方解釋。

多多良聞言——

「啊，那個啊。就是——說!!」

殺意來得十分突然。

多多良走到距離一輝一公尺處，忽然顯現電鋸型靈裝〈掠地蜈蚣〉，斬向一輝的頸部。

刀刃雖然沒有捲動，但速度足以斬首。刀刃劃破夜息，奔馳於黑暗，在距離一輝頸動脈五公分處硬生生停下。

不過她並不是主動停手。

「——真快啊。」

多多良隱約滿意地咧嘴一笑。

烏黑甚於夜的刀刃就貼在她的頸子上。

這是黑鐵一輝的靈裝〈陰鐵〉。

〈陰鐵〉的刀刃輕壓多多良的頸部皮膚。

他的力道控制得恰到好處。刀刃只要再多拉一分，恐怕會直接割開脖子。

「明明是我先有動作，你的刀卻來得比我深入啊。看來我誤會了，我還以為你和女朋友你儂我儂，鬆懈了不少。」

「誤會能解開真是太好了。我希望這一刀也只是一場誤會。」

「嘻嘻，表情不用那麼可怕啦。」

一輝瞥了一眼電鋸，多多良隨即放下武器。

她開始解釋自己為何忽然行凶。

© Wo

「我想確認一下，你現在有沒有辦法**馬上**作戰。」

「馬上……？」

今天升起的太陽西沉之時，戰爭才會開打。

距離開戰還有半天以上。

她怎麼會說「馬上」？

多多良對一輝說：

「就是現在馬上。我現在要去殺個人，得藉助你的幫忙。」

多多良忽然提出如此危險的請求，一輝不禁瞪大雙眼，回問：

「你說殺人，要殺誰……？」

「〈黑騎士〉艾莉絲‧阿斯卡里德。」

「————!?」

她口中的名字，正是今天要共赴戰場的夥伴。

一輝震驚過頭，不由得忘了呼吸——但他並沒有因訝異而慌了手腳。

「……這下不是說聲誤會就能了事了。請妳給一個我能接受的答案，不然我不會放妳回去。」

他不是激動指責多多良，而是詢問原因。

因為他知道，多多良不會隨隨便便提議要殺人。

多多良見到一輝的反應，先是稱讚他：「不愧是你，夠冷靜。找你是找對人了。」

然後答應他的請求。

神情極為認真。

「原因很簡單。那傢伙對我們來說，是個不安因子。」

「不安因子……？」

「那傢伙是歐爾·格爾的親生姊姊，是骨肉相連的親姊弟。要我們跟這種傢伙同隊伍作戰，根本危險到極點。誰知道她何時會因為親情背叛我們。」

一輝不贊同她的想法。

「我不這麼認為。正因為她身為親人，才更想阻止歐爾·格爾的暴行。我覺得她參戰的動力和史黛菈差不多。」

一輝搖頭反駁。

多多良回答：

「……她在愛德貝格也說過同樣的話。說是歐爾·格爾滅了〈黑騎士〉的故鄉，全都要怪她。是她沒發現親弟弟精神異常，所以她想阻止弟弟，好幫大家報仇。」

「妳瞧，果然——」

既然她深知自己的責任，怎麼可能會背叛？

多多良卻一口否定一輝的信任。

「聽起來還真是頭頭是道啊。」

「咦？」

「構成殺意的憤怒應該更加衝動。那種恨意是會把內心攪得一團亂，非得殺死對方才能化解。說是因為這樣那樣的原因，所以我要打倒弟弟……仇恨這種東西又不是什麼數學方程式，根本沒辦法清楚解釋給第三者聽。再說，那女人口口聲聲說必須殺死歐爾．格爾，理由卻是怪自己沒能阻止弟弟、對不起死去的人、身為親人不希望悲劇繼續發生。自責、愧疚、責任感，說得簡單點，她對於歐爾．格爾沒有主觀上更單純的『憤怒』。」

「……！」

「那傢伙殺了父母、好友，所以要幹掉他。無法原諒他，所以想宰了他。要將他千刀萬剮，讓他嘗嘗那些人的痛苦……從那傢伙的遭遇來看，這些動機就足以激起殺意。這才算正常。但是那傢伙卻把殺死弟弟的動機歸咎於『常識』、『他人』。你覺得是為什麼？因為若是沒有足夠的『正當理由』，她就騙不了自己。」

「這、這誰也說不準啊！人心才沒有這麼簡單——」

「我當然懂。」

多多良一口駁回一輝，說道：

「我可是這方面的專家。我不知道她葫蘆裡賣什麼藥，但我能辨認殺意的真偽。」

多多良的語氣、神情滿懷自信與肯定。

一輝明白，多多良是當真要下殺手。

艾莉絲解釋自己和歐爾．格爾的來歷時，一輝並不在場。

所以他沒辦法繼續幫艾莉絲反駁。

「……那傢伙大概也沒注意到，自己的殺意不是『情感』（真貨），而是『道理』（假貨）。她把『道理』當作自己的『情感』，深信不疑。可能有人故意給她灌迷湯。有人事先發現那傢伙的危險性，故意拿個蓋子封住她，讓她無法察覺自己真正的想法。可是咧……那玩意跟紙糊的沒兩樣，等她真的要給歐爾・格爾最後一擊，馬上就會掀翻了。骨肉相連就是這麼回事。你比我更清楚吧。」

「………」

「當然，可能只是我想太多。但那傢伙確實是個不安因子。只要這個事實存在一天，我就無法信任那傢伙的殺意。明明不信任還把不安因子帶上戰場，我可不幹。與其打到一半變成六對四，一開始就搞成五對四還安全點。所以我要趁今晚宰了那女人，你就來幫我忙。雖說要搞偷襲，我可沒那個能耐獨自對付那傢伙。」

多多良深夜拜訪一輝，就是為了這件事。

一輝只能回以沉默。

他除了沉默，一句話都說不出口。

他不相信多多良對於殺意的敏銳度。

但是多多良的話確實有其道理。

理智無法衡量血親之間的情感。這份親情會造成何種影響，還是未知數。多多良將之視為不安因子，也相當正確。

多多良預設了一個最糟糕的可能性。而一輝還不太了解艾莉絲，所以他也無法徹底斷定不會發生這種事。

（可是……）

「妳……還有向其他人提起這件事嗎？」

多多良搖了搖頭。

「沒有。〈夜叉姬〉還沒完全信任我，我也不期待她幫忙。那隻母猩猩又天真到不行，絕對會無視道理，堅決反對。雖說她就這個脾氣，沒轍。」

「原來如此。」

多多良的回答讓一輝鬆了口氣，於是他給出答案：

「我明白妳的用意了，可是我還是不能幫這個忙。」

多多良聞言，瞇細雙眼。

「……你不是為了守護這個國家，守護那女人而戰嗎？」

「我當然是這麼打算。」

「還是你不信我？」

「不，我知道阿斯卡里德小姐的確會成為某種程度的不安因子。」

「那你還拒絕！」

他為什麼不合作？

多多良氣憤不已，一輝對她說：

「可是我看見了。」

「……看見什麼？」

「最早的時候，我與多多良會合之前，是她來到奎多蘭救走我們。我當時見到她的模樣。」

一輝並非毫無根據堅信〈黑騎士〉是夥伴，才不答應多多良的提議。他也不是基於守舊的感性，不願意主動斬殺同伴。

是因為他看見了。

史黛菈他們離開之後，艾莉絲因恐懼渾身顫抖。

對艾莉絲來說，弟弟歐爾．格爾奪走自己的一切，是恐怖與絕望的象徵。

一輝的掌心仍記得，當時她的肩頭摸起來是如此冰冷。

可是，她沒有逃走。

她憑藉身為姊姊的義務，與做為騎士的正義感激勵自己，不逃不躲，持續正視那股令她渾身鮮血凝結的恐懼。

一輝認為，這一幕證明她的勇氣與高尚，代表她的意志值得信賴。

所以──

「多多良同學說得對，阿斯卡里德小姐沒辦法完全成為助力。一旦性命交關的時刻來臨，她或許會被親情牽著鼻子走。但我還是想相信當時的她。」

多多良瞧了瞧一輝，淡淡嘆了口氣。

她明白對方。

「我一個人殺不了那傢伙……也沒別人可以幫忙，你不答應，這話就到此為止。不過……你的判斷可能會毀掉你最重要的東西。」

「……多多良同學很溫柔呢。」

「嗄？」

「謝謝妳為史黛菈考慮這麼多。」

「你、你你你!?你在、在在在說什麼鬼話!?我只是不想和不安因子聯手作戰，才好心提供一下專業建議，誰在顧慮那隻母猩猩，少在那裡自以為是，噁心死了！」

多多良聽見一輝道謝，反而紅著耳根子怒吼。

她氣得縮起肩頭，背對一輝。

「哈！老娘不幹了。管你們去死！」

「多多良同學，真的非常謝謝妳。」

「你夠了沒——————！」

你夠了沒？再來我就宰了你。

威嚇到一半忽然沒了聲音。

多多良還以為一輝趁機奉還剛才調侃他的帳。她一回頭，卻見到一輝臉上沒了方才的嬉鬧，換成令人發顫的決心。

沒錯，自己的決定可能會傷到最重要的人。

用不著多多良提醒。

所以，他下定決心。

多多良是防患未然才提出這個提議。既然他婉拒了——

「託多多良同學的福，我也做好心理準備了。假如多多良同學所擔心的狀況真的發生了，到時候——我會負起所有責任，親自對付她。」

多多良幽衣發揮殺手的直覺與觀察力，事先料到眼前的狀況。

而她為了防範狀況發生，甚至主動行動。

是自己決定制止多多良。

因為自己打算相信艾莉絲那日展現的高尚。

如今她高舉叛旗，自己就有責任阻止她。

所以——

「史黛菈，阿斯卡里德小姐就交給我，史黛菈去追歐爾・格爾。」

一輝顯現〈陰鐵〉，對身旁的史黛菈說道。

史黛菈卻不肯退讓。

「別說傻話了。你忘了嗎？我們在〈七星劍武祭〉之後和她戰鬥過。我們聯手才好不容易和她打成平手。所以現在也應該兩個人一起——」

「不行，這麼一來就追不上他了。」

一輝拒絕了她。

他並非執著於自己與多多良的約定——

「史黛菈能飛，只有妳才有辦法追上能行走天際的歐爾．格爾。一旦放走歐爾．格爾，下次就換成別的地方發生一樣的慘劇。我們身為騎士，必須為無力之人舉劍，所以現在非得徹底殺死歐爾．格爾不可。」

而是他深知〈魔法騎士〉應盡的職責。

「妳快走吧，就由我來對付她。史黛菈……放心吧。不只妳在愛德貝格歷經修行變強，我也不再是那時候的我。我們會並肩而行，不是嗎？」

「……——」

〈魔法騎士〉存在的意義。

一輝搬出這個大道理，她也毫無反駁的餘地。

她還想繼續爭辯，純粹是基於情緒。

KOK．A級聯盟排行第四。〈黑騎士〉的實力極為接近世界顛峰，她怎麼忍心拋下戀人離去？

史黛菈卻說不出口。

因為危險的人不只有一輝。

史黛菈必須獨自面對〈傀儡王〉歐爾・格爾，她同樣也得置身於險境。

一輝卻絲毫不露一絲不安。

他要她孤身入虎穴。

換句話說，他的言下之意便是——

我相信妳，所以妳也要相信我。

……他的要求多麼困難又嚴厲。

任何人都害怕失去最愛的那個人，遠比自己的死亡更加可怕。

她實在很難答應一輝。

（不過……）

——他值得相信。

換作是別人倒還難說，他可是黑鐵一輝。

他總是能讓自己一再見識到奇蹟——！

「她很強喔。」

「我知道。」

「不可以死喔！」

「我知道……！」

兩人簡短交談過後，史黛菈鼓動炎翼，飛上天際。

接著背對一輝，振翅飛翔。

飛往奎多蘭的天空。

目視彼方，緊追自己必須擊敗的敵人。

史黛菈展翅瞬間，艾莉絲隨即行動，準備擊墜她。

但是她的膝蓋無法起跳。

當她的意識從突然現身的一輝轉向史黛菈——

一股如絲般微細的惡寒劃過〈無敵甲冑〉包覆的頸部。

「…………」

這是黑鐵一輝的引力造成的。

假如她身處自己面前，卻將意識轉離自己身上，會有何種下場？

他以威嚇呈現了那結果。

一輝以恫嚇封住艾莉絲的雙腳，史黛菈一飛上天空，瞬間飛往遙遠的彼方，追逐歐爾·格爾。

現在留在路榭爾住宅區的人，只剩艾莉絲和一輝。

她想幫助歐爾·格爾，必須先打倒眼前的騎士。

艾莉絲再次面向一輝。

脖子隱隱作痛。

方才的威嚇確實蘊含著殺氣。

自己當時若是強行追趕史黛菈，一輝的刀刃會直接滑過自己的脖子。

他是認真的。

現在的他是真心打算殺死自己。

（這也難怪……）

史黛菈方才染上怒火的雙眸也一樣。

自己現在的行為，理應遭人譴責。

她幫了那個歐爾·格爾。

她自己也無法相信。

更是無法原諒自己。

但是──

（可是，我發現了……）

當她掐住弟弟的脖子，親手觸及弟弟的死亡──

──自己殺不了弟弟，她不想殺死弟弟。

她一旦察覺真相，就再也無法忽視。

即便這麼做有多不可原諒，甚至背叛至今所有包容自己的人……艾莉絲・格爾仍然只能步上這條單行道。

所以──

「對、不起……」

愧疚令她抬不起頭。

如喘息般的道歉滿載苦澀，幾乎讓她窒息。

但是這聲道歉更加壓迫艾莉絲。

她知道現在的自己根本沒有道歉的權利。

一輝見到這樣的她──說道：

「阿斯卡里德小姐覺得抱歉，卻還是選擇了那條路啊。」

「……咦？」

艾莉絲聽見意料之外的話語，疑惑地開了口。

這是什麼意思？她抬起原本低垂的眼神。

於是，她發覺了一件事。

一輝不帶憤怒、憎恨，也沒有鄙視自己。他的眼神雖然略帶哀傷，卻直視著自己。

「〈魔法騎士〉應盡的義務、身為人的道德、人們對於〈黑騎士〉的期待與信任，妳背叛了一切，失去了一切……所有的道理將會輕視妳的行為。妳很清楚自己的行為是一場錯誤。」

艾莉絲明白所有後果，仍然選擇這麼做。那麼——

「那就是妳的……只屬於妳一個人的騎士道。」

「……！」

「妳至今一路面對殘忍的命運，那殘酷遠遠超越我的想像。妳因為那為之凝結的恐懼顫抖不已，卻奮戰到今天。這樣的妳擁抱所有後果，仍舊選擇這條道路。既然如此，旁人如我又有何立場插嘴？『妳錯了』？『死去的人們不希望妳這麼做』？我不想用這種隨處可見的勸戒指責妳。」

那麼，他該怎麼做？

她曾經兩度拯救自己的性命，自己能為她做什麼？

一輝再三思索，終於得出答案。

就在多多良告誡他的時候——

自己也有無法退讓的事物，有想貫徹的騎士道。

既然雙方的道路無法和平共存，他們能做的只有一件事——

「事已至此，不需要更多言語。」

他們是騎士。

「我將以我的最弱（最強），在此阻斷妳的騎士道！」

那就該以劍一決雌雄。

他不會讓她追上史黛菈。

一輝以架勢暗示自己的意圖。

敵人立於同一塊大地，卻身處不同的道路。他直率又犀利的目光，凝視著和自己對等的敵人。

「～～～～～～！」

他的視線，徹底拯救了艾莉絲。

自己理應遭世上所有人唾棄、憎恨，這名青年卻願意認同自己，將自己視為對等的敵人。

感謝從胸口湧現，幾乎塞滿了心頭，化作淚水溢出眼眶。

感激的話語不由得湧上口中。

「…………謝、謝——唔！」

艾莉絲無法道出自己的感激。

她吞下感謝，筆直瞪視一輝。

謝謝。

這句話多麼討喜。

希望對方原諒可悲的自己，只是在撒嬌。

自己怎麼能說出這種話？

他是如此堂堂正正，願意做為「敵人」正視自己。

自己……不能再沉溺於感傷。

挺起胸膛吧。

即便自己的舉動多麼不可原諒——

即使連自己都無法饒恕自身的離經叛道——

要以這個決定為榮。

在這名願意認同自己的優秀青年面前——

（不能繼續醜態百出！）

就在這一刻，無論結果如何，艾莉絲．格爾決心為自己的選擇殉道。

同一時間，她也決定擊敗阻礙道路的這名騎士。

她踏碎大地，戰斧指向一輝。

轉瞬之間，艾莉絲全身迸發光之風暴。

風暴掀起沙塵，壓迫路樹，震破四周民宅的窗戶。

這不是魔力——而是「劍氣」。

一輝不禁屏息。

（多麼驚人的壓迫感。現在的她看起來，彷彿比以往的阿斯卡里德小姐壯大了兩圈。）

一輝至今只見過一次如此懾人的劍氣。

〈比翼〉愛德懷斯曾在夜晚的曉學園，展現如此劍氣。

艾莉絲現在的壓迫感無限趨近於當時。

但這或許是理所當然的。

〈黑騎士〉艾莉絲．阿斯卡里德不曾在ＫＯＫ．Ａ級聯盟展現過這樣的自己。她真正的心願、自我遭到掩蓋時，處於身心不協調的狀態。但是現在的艾莉絲不同了。她取回真正的心願——不惜賭命、超越命運，一心想達成的那個悲願。此時此刻的她才真正拿出真本事。

現在自己即將面對最接近世界顛峰的高手。

並且與她來一場貨真價實的「殊死戰」。

但是，面對如此強大的敵人——

（我已經不再像當時一樣怕得發抖。）

他面對愛德懷斯時，內心曾經不斷哀號，要自己快點逃跑。如今面對足以震飛氣流的劍氣，卻心如止水。他平靜地直視眼前的敵人。

沒有動搖。

沒有哀號。

一輝的成長，證明他時至今日度過多麼充實濃密的時光。

——彼此心意已決。

那麼，一決勝負吧。

無法共存的騎士道在此交錯。

只有一個人能往道路盡頭前進！

「國際魔法騎士聯盟旗下，破軍學園一年級，〈七星劍王〉黑鐵一輝。」

「KOK．A級聯盟排行第四，〈黑騎士〉艾莉絲．G（格爾）．阿斯卡里德。」

「來吧。」「讓我們光明正大地——」

「「一決勝負！！！」」

後記

非常感謝各位購買、閱讀落第騎士第十四集。

我是海空陸，從新年開始就苦於害獸騷擾。

有隻鼬鼠不知何時闖進家裡了。我家位於山區，又是古老的木造住宅，有小動物闖進來也是沒辦法的事。

那傢伙每天都在牆內、屋頂閣樓四處亂竄，還撕咬防火絕緣材料，吵得不得了。

如此災難降臨，普通人又不能擅自驅趕鼬鼠，必須等待公所發文允許捕捉，而那份公文至少要等上幾個星期。簡直是地獄。

雖說……現在早就成功捉到鼬鼠，也堵好缺口，噪音總算消失了。但從年初到解決所有問題，整整花了一個月之久。

真是……每天晚上屋裡都在舉辦鼬鼠運動會，太傷人ＭＰ了。

這場戰鬥真是又長又痛苦啊……

抱怨不小心占了點篇幅，最後向支持本作的各位致上謝辭。

負責插畫的WON老師，您這次也畫出十分出色的插畫，真是非常謝謝您。超度覺醒狀態的寧音實在非常可愛，很想再讓她出場，設定上又不能這麼做，真是讓我天人交戰……！

負責漫畫版的空路老師，連載辛苦您了。我會衷心期待漫畫版的最後一集。

責編、GA編輯部的各位同仁，一直以來受各位照顧了，我在這裡表示感謝。

最後要向支持這部作品的各位讀者，致上最深的謝意。本作來到十四集，已經算是長篇系列作了，非常謝謝各位一路陪伴這部作品走到今天。

下一集，終於要迎來法米利昂篇的尾聲。

我想各式各樣的故事都會在下一集作個了結。

我會努力炒熱故事氣氛，希望各位多多指教。

那麼，我們在下集的後記見。

再見！

落第騎士英雄譚

落第騎士英雄譚